The Red Parts

[美] 玛吉·尼尔森　著
李同洲　译

红

THE RED PARTS
Maggie Nelson

只 为 优 质 阅 读

好
读

Goodreads

本书是一部回忆录,也就是说,它依赖于我的记忆,主要包括我对事件的个人解读,以及我对事件的想象再现。再现对话和其他事件,旨在探索所述或所发生事件的实质,并非为了进行完美的呈现。

献给克里斯蒂娜·克罗斯比和詹妮特·雅各布森,她们锤炼于烈火,并为世界伸张正义。

掩盖的事，没有不露出来的。隐藏的事，没有不被人知道的。①

——《新约·路加福音》第 12 章第 2 节

在所有的求知欲中，都已蕴含了一丝残酷。

——尼采

---

① 本作中出现的《圣经》经文中译均引自"和合本"。——译者注（若无特别说明，本书注释均为译者注）

目 录

序言 / 001

谋杀心理 / 005

继承 / 021

邪恶真面目 / 032

直播 / 040

红 / 050

补篇 / 065

红房子 / 076

美国禁忌 / 095

又见谋杀心理 / 108

下地狱或半身照	/ 117
锡巴里斯	/ 134
伸张正义	/ 153
"贝壳之书"	/ 168
在铁轨边	/ 183
加里	/ 191
诗之破格	/ 208
故事的结束	/ 215
在被害人接待室	/ 229
黄金时段	/ 244
开放谋杀	/ 254
上帝之手	/ 260
尾声	/ 277
资料来源	/ 281
致谢	/ 284

序言

彼得·汉德克[①]的《无欲的悲歌》（*Wunschloses Unglück*）是一本令人印象深刻的小书，据说是汉德克在他母亲自杀后的两个月内写成的。在这本书的开头，他写道："从母亲去世到现在已经差不多七个星期了，我想趁着葬礼时那股强烈的想要写写她的欲望还没有变回当初接到自杀消息时的麻木无语让自己开始工作。没错，是让自己开始工作……我做的工作是文学的，它显现于表面并且具体成一

[①]彼得·汉德克（Peter Handke，1942—），奥地利先锋剧作家、小说家，2019年诺贝尔文学奖得主。

台回忆和表达的机器。"①

2005年,我姨妈简的谋杀案开庭重审,尽管这起案件对我精神上的影响远没有母亲自杀会造成的那么严重,但也让我产生了一种极为相似的情绪。2005年7月,在参加了对嫌疑人的审判之后,我感到一股强烈的冲动,想在被焦虑、悲伤、失忆或恐惧吞噬之前记录下所有的细节;面对令人无法回忆和表达的沉闷的无言,想把我自己或我的素材变成审美客体,一种可能伴随这种沉闷的无言,或将其替代,或作为其最后障碍的审美客体。就这样。审判结束后,在人生的半途②,我在一座完全陌生的城市(洛杉矶)安顿下来,以一种精神高度集中、偶尔鲁莽的心境写下了这篇文章。《无

---

①译文节选自中文版《无欲的悲歌》,(上海人民出版社,2013),顾牧、聂军译。
②原文为意大利文,此句为但丁名作《神曲》的开篇首句。

欲的悲歌》自始至终摆在我的书桌上，既是鞭策，也是指引。没错，是让自己开始工作。

一部作品自觉证明了其在创作和出版时的动荡、原始和仓促环境，那么数年乃至数十年的时间会对这部作品产生怎样的影响呢？就汉德克的上述作品而言，它的表现毫不逊色，但时间为其增添了某种不可思议的感觉，那是一种心理上的紧迫感，怪异而美丽地悬停在文学所能创造的时间之外的地方。我只能希望《红》也能获得相同的评价，我因此会获得双重之礼：既让这本书（反正暂时如此）免于另一种沉闷的无言（无法出版）；同时也让我看到了我一直希望《红》有朝一日能成为的那本书：对时间与暴力、与悲伤之间关系的一种迫不得已的独特沉思，它幸运地没有被"热点时事""真实犯罪"甚至"回忆录"这些花哨的标题束缚。

我写作时的目的之一，就是让案件审理、

我的童年、简的谋杀等事件和写作行为同处于一个空间和时间时刻。在《红》中,这种交织被想象成一处地方,一片"黑暗的新月形土地,在那里,痛苦基本上毫无意义,现在毫无预兆地坍塌成过去,我们无法逃避我们最畏惧的命运,大雨滂沱,将尸体冲出墓穴,悲伤永存,其力量永不消退"。我可以很高兴地说,对我而言这一意象固有的严肃性已经消退,至少目前是这样。但是,允许自己(应该说是允许我自己)在其控制下停留充足的时间,这么做的重要意义并没有消退。我很感激能再次从那处地方发回这份报告。

玛吉·尼尔森
2015年于洛杉矶

谋杀心理

我们有充分的理由相信,这桩案件正在迅速走向圆满的结局。

2004年11月初的一个下午,密歇根州警察局的一名警探在给我母亲打电话时说了这些话。挂断警探的电话后,我的母亲打电话给我,重复了一遍。

警探的话让我目瞪口呆。当她说这些的时候,我看着我公寓的走廊微微向下倾斜,仿佛有一瞬间差点变成游乐场。

警探的话也让我的母亲目瞪口呆。她在开车时用手机接到了他的电话,然后不得已立即把车停在加州北部她家附近尘土飞扬的路边，以消化这一消息的冲击。

这桩案件是她的妹妹简·米克瑟在1969年被谋杀的案件，在过去的三十五年里，这桩案件一直悬而未决。警探说他在过去的五年间一直在全力侦破此案，但直到即将进行逮捕前才打来电话。就是现在这样了。

这个消息本身就很令人震惊，但它出现的时机更加匪夷所思。

在过去的五年里，我也一直在狂热地研究我姨妈的案件，尽管是从另一个角度。我一直在研究并撰写一本关于她的生与死的诗集，《简：一桩谋杀案》（*Jane: A Murder*），这本书当时即将出版。我先前并不知道简的案子一直在侦办中；我的书是关于一桩很久以前就被调查人员放弃的悬案。这本书关于一个人如何在一位家庭成员死亡的阴影下生活——或者更确切地说，是我的家人如何生活，我如何生活，而这位家庭成员显然是在恐怖和恐惧的情形下死去的，但其死因永远是未知的，无法知晓。

2005年1月14日，在嫌疑人加里·厄尔·莱特曼的预审听证会上，当我第一次见到这位警探——埃里克·施罗德调查警司时，他会给我一个熊抱，对我说："我敢打赌，这些年来你一定以为自己是一个人在调查。"

事实上，的确如此。

我从小就知道母亲有个叫简的妹妹被谋杀了，但我知道的也就这么多。我知道简死时二十三岁，正好是她在密歇根大学法学院读书的第一年。我知道母亲当时二十五岁，刚和父亲结婚不久。我和姐姐埃米莉都还没有出生。我们出生在加利福尼亚北部，父母在简去世后搬到了那里。埃米莉出生于1971年，而我出生于1973年。

在我成长的过程中,我隐约感觉到有其他女孩的死与简的谋杀案存在某种联系,但我不清楚个中缘由。后来有一天下午,差不多十三岁的我独自在家,在母亲的办公室里找一本书时,发现了一本以前从未注意过的书的书脊。虽然几乎看不见也够不到,但《密歇根凶案录》这一串花哨的小报字体,在母亲读过和教过的高雅文学经典中格外显眼。我站到椅子上,把那本又矮又厚的平装书拽了下来。

这一简单的举动本身就带有恐惧的余韵,因为我童年里第一次摔断骨头,就是肘部骨折,需要进行再造手术,还要为了进行牵引治疗在几星期内一动不动,一切都是为了爬上书架去找一本书。那次意外发生在索萨利托的一家书店里。索萨利托是旧金山郊外的港口小镇,我出生后的最初几年一直住在那里。当时我只有两岁,但我记得书的封面上有一只色彩鲜艳的兔子,我记得自己好想要它。

这次意外之后，我开始反复做一个梦。我梦见自己从索萨利托家中的车棚上摔下来，或者说跳下来，摔死在车道上。我做这个梦的时候应该还很小，大约才三岁。在梦中，一群人来看我的尸体，我的尸体躺在车道尽头，就像躺在陡峭的希腊圆形剧场底部。现在已经很难回忆起那个梦的基调了：我记得我对自己的行为感到惊恐，有一种疏离感，一种深深的悲伤，以及看着自己的身体被当作尸体仔细检查时有些不舒服。

《密歇根凶案录》的封面是一张模特的合成照片，她的模样像女演员费拉·福赛特，照片中她的半边脸被剥去，露出红外底片。封面的色彩和图案，以及我在审视它时感受到的鬼祟感，立刻让我想起了小时候在父亲的浴室里花了大量时间研究的某一期《花花公子》——1980年的情人节特刊，那期的女郎是女星苏珊娜·萨默斯。我记得父亲非常喜欢苏珊娜·萨默斯。

我翻开《密歇根凶案录》的第一页，读了起来："在两年的时间里，沃什特瑙县有七名年轻女性被谋杀，其中一些人被杀害的残忍程度让'波士顿绞杀魔'①像个仁慈的杀手。"

我急切地翻阅着这本书，渴望找到一些内容，任何关于简、关于我的家庭的内容。我很快发现所有的名字都经过更改。但当我读到以下内容时，我怀疑自己已经接近真相了。

> 一名骑警把1968年密歇根大学年鉴带到了（犯罪现场），年鉴上是来自密歇根州马斯基根即将毕业的大四女生珍妮·丽莎·霍尔德，她笑容可掬的模样与毫无生

---

①指美国大波士顿地区的一名连续强奸杀人犯。自1962年至1964年约一年半时间里，大波士顿地区共计有十三位女性遭到性侵并被勒杀。1965年，根据供词并结合最后一名受害者的DNA等证据，阿尔伯特·迪萨沃（Albert DeSalvo）被认定为罪犯。

气躺在欣景公墓中的年轻女子那张肿胀的脸十分相似。

"珍妮·丽莎·霍尔德"和"简·路易丝·米克瑟"有几分相似。有一层粉饰已经开始剥落。

*

多年以后,在研究和写《简》这本书的过程中,问题不是信息太少,而是太多了。简的谋杀案仍然晦暗难明,令人抓狂,但过量的信息并不是关于她的,而是关于其他女孩的。当时的报纸、几本真实犯罪书籍以及许多"热门连环杀手"网站都对她们遭受强奸和杀害的可怕细节进行了折磨人的详尽描述。还有很多图表,诸如1969年7月28日《底特律自由报》上刊登的题为"死亡模式:对七起残忍谋杀案的剖析"的图表,其中将细节按"最后出现""发现地点""杀害方式""其他伤害"等类别进行了整理。这些条目几乎让人不忍卒读。

在研究过程中,我开始经受一种折磨,后来我称之为"谋杀心理"。我能够以某种距离感对项目研究上一整天,愉快地在押韵字典里查找"bullet"(子弹)或"skull"(头骨),但晚上躺在床上时,我发现大量令人作呕的暴力画面正在等着我。对简的暴力,对其他"密歇根凶杀案"女孩的暴力,对我所爱之人的暴力,对我自己的暴力,有时,最可怕的是,由我自己实施的暴力。这些画面不时在我脑海中闪现,伴随着饱受压抑的情绪回潮时所带来的冲击力纠缠不散。

我坚持了下来,主要是因为我获得了一个终点:《简》的出版日期,也就是2005年3月,在我三十二岁生日那天。只要我一拿到这本书，我就可以解脱了。我会继续进行与谋杀无关的写作项目。我再也不会回头了。

简这桩案件的重审彻底粉碎了这些希望。

2004年秋天，我从居住多年的纽约市搬到康涅狄格州一座小镇上的大学任教一年。小镇恰如其分地名叫中心镇，因为其位于该州中部，地处偏僻。我在那里的公寓很漂亮，是一栋摇摇欲坠的十九世纪老房子的底层，比我在纽约买得起的任何公寓都要大四十倍。我把书桌放在一个可爱的房间里，房东太太向我介绍说这是"如家客房"——一间镶着红木墙板的阳光房，有三面墙带窗。

10月初，也就是施罗德打来电话的前一个月，我给母亲寄去了《简》的手稿，作为她六十岁生日的礼物。我很紧张，我知道这本书会让她沉浸在三十五年来她一直试图忘却的故事的细节中。不光紧张，我还感到害怕。当我把包裹寄给在加州的她时，我突然想到，这本书可能根本算不上礼物。如果她不喜欢，这本书可能会被理解为一场毁掉生日的灾难、一枚炸弹、一次背叛。

当她读完手稿后给我打电话时，我如释重负。她泪流满面，说她将永远感激这部作品，感激我。她说这是一个奇迹：尽管我从来不认识简，但不知何故，我让她起死回生了。

这对我来说也是一个奇迹。我从没有想过"我的简"可能会接近"真正的简"；我甚至从没有想过要这样做。但不管"我的简"是谁，她肯定已经和我在一起，为了我而活了一段时间。这本书的封面早已设计好，并钉在我的墙上好几个月了，同时还钉有一张由我外公拍摄的简十三岁时的脸部特写照片，那张光线明亮的照片里简面带挑衅同时具有一种中性美，她每天都盯着我看。这本书里还有许多我从简自己的写作中挑选出来的日记，而11月的那个下午我母亲打来电话时，我一直在审阅手稿，我要像关注自己的声音一样密切关注简的声音。

  为了确定我没弄错，我翻出了简的原始日记。那年秋天，我经常坐在"如家客房"的深色木地板上，看着一页页写着她优雅笔迹的日记。再次翻阅这些日记时，我又被其中饱受折磨的不安全感震撼（通常表现为滔滔不绝的反问和自我谴责），这与她十分深厚的表达和感受能力形成鲜明的对比，甚至令人感到悲伤。这种对比贯穿了她从童年到大学时代的所有写作。不仅如此，这些反差本身就是这些写作的原动力。事实上，正是这种反差让我一开始就想写她，就像她诡异可怕的死亡一样，甚至有过之而无不及。

  永远不要害怕反驳自己。但有什么可反驳的呢？难道我真的很蠢而且错得离谱吗?你是个好孩子,简。好什么?我有什么资格评判?1965年是什么?学到了什么?得到了什么?失去了什么?爱过?恨过?你到底在想什么?你如何解释自己?为什么我永远不知道自己明天会变成什么样?我们有什么权利拥有幸福?

我在其中认出了自己,尽管我并不想认出来。我宁愿把简自我怀疑的痛苦归结为在二十世纪五十年代严肃父权制下成长为一个热情洋溢、追根究底、雄心勃勃的女孩所遇到的难题,而等我读到她的文字时,几十年的女权主义本应已将这一难题化解和冲淡了。

现在,一名警探打来电话说,她的案件有了DNA匹配,他们确信找到了正确的凶手——一名退休护士,他与约翰·诺曼·柯林斯毫无关联,后者在1970年被判定为"密歇根凶杀案"中最后一案的凶手,而大多数人一直认为他是所有案件的元凶。施罗德告诉我们,这位新嫌疑人现在正受到监视,几周内就会被逮捕。他们完全有理由相信,此案很快会圆满结束。

事实上,莱特曼在2004年感恩节的前一天就因"开放谋杀①"的指控被拘留,之后一直被关押,不得保释,直至2005年7月11日开庭审理,2005年7月22日审理结束。但在这八个月里,伴随着我最初对简的故事的探究而产生的恐惧并没有消散。

它变形了。它长大了。

*

中心镇的冬天来临了,阳光房变成了雪房,谋杀心理又回来了。上午,我会假装知道

---

①open murder,美国法律中一项起诉条件较为宽松的罪名。

如何给刚入学的大学生讲授莎士比亚，然后回到家与负责凶杀案的警察通电话，翻阅我从大学科学图书馆借来的一摞书，试图跟上简的案件的进展：《DNA傻瓜入门》、临床心理学教科书《性谋杀：精神病性解离和强迫性杀人行为》。我只翻阅了一遍《性谋杀》中的案例研究，但仍然觉得它们可能会让我患上致命的疾病。夜里，我经常发现自己很晚都睡不着，穿着淡蓝色的浴袍在"如家客房"里踱来踱去，手里拿着一杯叮当作响的威士忌加冰块，看着窗外的漫天大雪。我开始觉得自己像个幽灵，像个陌生人。虽然没有电影《闪灵》里那么严重，但有时感觉也差不多。至少杰克·尼科尔森还有家人见证他的堕落，并为之惋惜。更戏谑的时候，我觉得自己就像诗人约翰·贝里曼，一个活在过去的人，一个被困在哥特式大学城的诗人，一个参加沉闷派对、伴侣交换游戏、偶尔醉醺醺地在同事家草坪上大便的邋遢学者。只是中心镇没有这样的派对。

简而言之,在我写作《简》的整个过程中,通过艺术活动进行精神净化的理想一直是一种天真但真实的动力,但它开始逐渐崩塌,显露出其骗术的本质,正如我一直怀疑的那样。我对姨妈的认同,一直是《简》的主线,也可以算是我外公认错人的结果,因为从我记事起,他就一直叫我"简"而不是"玛吉",但我开始觉得这种认同要么是个骗术,要么就是种惊悚。我在开始写《简》时曾设想,我的家人对她可怕死亡的压抑是一种有缺陷的悲伤,而我的书可以巧妙地揭露,这种悲伤是美国中西部北欧人传统的不健康残余,恰如在密歇根州湖畔小镇马斯基根上演的一幕英格玛·伯格曼式的阴郁场景,而我可以提供一种更成功的模式来将其取代。

我现在无比清楚这种想法的狂妄。现在,当我想到"有缺陷的"或"成功的"悲伤时,我只感到困惑。在困惑之外,还有一种无形的、强烈的愤怒的边缘,或者说一种喧闹的抗议,一些松散的、火热的、狂野的事件开始在我的皮肤下显现。

照片1:

  一群男警探围站在简的尸体周围。镜头位于钢丝网围栏后面,朝着登顿公墓拍摄。这张照片从这些人的腰部截取,所以你只能看到一排风衣下摆和配套的黑色鞋子。简的尸体躺在他们脚边,头部和上半身被雨衣遮住。她的一条胳膊从雨衣下伸出来,像鬼一样白,甩过头顶,好像她并没有死,只是完全精疲力竭了。

继承

英国心理学家D. W. 温尼科特在他最后的一篇精神分析论文中写道："对崩溃的恐惧是对已经历过的崩溃的恐惧。"这句话一直给我很大的安慰。多年来,我一直以为它意味着另一只靴子已经落下,你已经去过你最害怕的地方,你已经从那里回来了。

直到最近我才意识到,温尼科特并不是在暗示崩溃不会重演。现在我明白了,他的意思可能恰恰相反:对我们过往崩溃的恐惧可能正是导致其在未来重演的原因。

1969年3月下旬，简在密歇根大学的校园搭车信息板上发出搭车请求，准备回马斯基根的家中过春假。她计划回家宣布与男友菲尔的订婚消息，菲尔是一名经济学教授，也是校园活动家。简知道自己的父母不会同意，所以她要独自回家，让他们有时间消化这个消息，几天后菲尔就会与她团聚。简通过电话与一名陌生男子约好载她一程，但她并不知道这名男子用的是化名。下午六点半左右，菲尔在简位于法学院的房间里与她道别；第二天早上，她的尸体在安阿伯城外约二十三公里处被发现。简死于头部中的两枪，一枪在左太阳穴，另一枪在左下颌。在她死后或快死时，简被人用一条不属于她的丝袜狠狠勒死了。她的尸体被拖到了一座陌生人的坟墓上，这座坟墓属于一处名为登顿公墓的乡村小墓地，小墓地位于一条当地人称为"情人小径"的碎石路尽头。她的套衫被拉起，连裤袜被扯下，她的物品被整齐地摆放在两腿之间和尸体周围,然后用雨衣盖住,弃尸于此。

简的案件是连续七起谋杀中的第三起,命案发生后,我母亲开始担心自己会成为下一名受害者。由于案件未破,她一直忧心忡忡。即使是去妹妹的墓地也充满了危险,因为警方告诉家人,杀害简的凶手可能也会去那里。悼念简就要承担遇到凶手的风险。

写《简》的时候,我意识到这种恐惧也悄然降临到了自己身上。一种继承。看电影多年的经验告诉我,女警探,或另一种我最爱的角色,女教授,总会要为自己的好奇心和坚韧付出代价,成为凶手的目标。"有人正在模仿历史上最臭名昭著的杀手。一次一个。两个女人必须联手阻止他再次杀人。否则,接下来死的就是她们。"1995年的连环杀手电影《叠影谋杀案》(Copycat)的宣传语如此写道。该片由西格妮·韦弗在片中饰演一位酗酒并患有恐慌症的"连环杀手研究"教授，而霍利·亨特则饰演另一位女主角，一名强悍的女警探。

我试图在自吹自擂的电影式画面中发现幽默感，比如我发现了一些"专业人士"忽视的关键证据，或者有一天在书店举办《简》的朗读会时，凶手正暗中坐在观众之中。我提醒自己，杀害简的凶手很可能就是约翰·柯林斯，我还告诉自己，即使不是柯林斯干的，杀害她的凶手也可能已经不在人世了，或者如果他还活着，也很可能出于其他原因被关进了监狱。要不然，即使他还活着并且逍遥法外，他也几乎不可能发现一本诗集，哪怕我姨妈的照片出现在封面上。这是我生命中为数不多的时刻，诗歌寂寂无名的文化地位竟让我心里为之一振。

任何不知名的心理医生或作家同行都可以指出，我对姨妈的幽灵杀手的恐惧以及我对自己写的书可能会以某种方式将他召唤出来的隐匿希望，不过是一种极端的现成隐喻，隐喻着所有可能伴随写作行为本身的狂热希望和恐惧，尤其是写作那些家人宁愿不触及、不讲述的家族故事。事实上，确实有几个人指出了这一点。

这一切似乎足够真切，直到施罗德打来电话，让这个隐喻破灭了。

*

当《简》于2005年3月出版时，施罗德将用荧光笔仔细阅读每首诗。我们将就一些细节问题进行交流，比如我从哪里得知简在遇害当晚打了一通电话的时间，我是否知道他在哪里可以找到我提到的简葬礼上的留言簿，等等。

"我可以诚实地说，这是我读过的第一本诗集。"他会如此在信中写道。

我会同样诚实地回信说，这是我写的第一

本被凶案调查警司推荐的诗集。

在莱特曼被捕前的几周里,我总是忍不住问施罗德,他是否认为莱特曼会对我或我的家人构成威胁。这是一个令人尴尬的问题,它似乎将多年来受压抑的非理性暴露在了光天化日之下。但更让人不安的是,一个曾让家中几代人担惊受怕的人,现在每天早上起床,和家人聊天,做着自己的日常工作,却丝毫不知道自己即将被捕,也不知道我的家人和密歇根州警方之间每天都有大量的电话联系。警方还明确表示,在任何情况下都不能让他发现调查情况,因为警方担心他可能会逃跑、伤害自己或伤害他人。

施罗德宽容地回答了我。他告诉我不用担心,莱特曼就像一个倒霉透顶的圣诞老人,心脏不好,还严重依赖止痛药。"这么说吧,他连窗户都钻不出去。"施罗德还说,虽然他还没有亲自见过我,但他敢打赌,我至少能跑赢那家伙。

如果你在几年前问我母亲简的案子对她两个女儿的成长有何影响,她会说没有。在莱特曼受审期间,我和她最终接受了美国哥伦比亚广播公司《解谜48小时》(*48 Hours Mystery*)这档节目的电视采访。在采访中,我母亲对胸部丰满的迷人采访者说,她觉得自己一直以来都努力"掌控一切",不让妹妹的死对自己的行为产生任何实质性影响。意识到自己可能并不如想象中那般"掌控一切",这让她大为震惊。发现这一点的部分原因是她读了《简》,书中记录了她多年来在家中堵门等经历。

我的母亲对自己的身体感到饥饿、需要上厕所或对海拔或温度等环境因素产生反应也同样感到震惊。她梦想自己的身体不可渗透、自给自足,不会受制于无法控制的需求或欲望,无论这些需求或欲望源于自己还是他人。她梦想自己的身体不会受伤、不会遭侵犯、不会生病,除非身体愿意如此。

最近,我母亲在和我姐姐埃米莉通电话时绊倒了。她摔倒在厨房的地上,一颗牙齿撞破了上嘴唇。她的嘴唇肿胀了几个星期,难以辨认,那颗牙齿也完蛋了,最后不得已进行了根管治疗。在电话里,我姐姐根本不知道母亲摔倒了,因为我们的母亲一直在说话。当我和埃米莉事后向她问起这件事时,她抗议道:"告诉埃米莉我发生了意外有什么用呢?她帮不了我,只会让她担心。"

她说那次摔倒太丢人了,不值一提。我说,可能值得一提,因为这件事发生了。我们就像在一个纸筒两端交谈,彼此近在咫尺却又感觉遥远陌生。

等到我母亲和我身处《解谜48小时》的

采访现场，并排坐在密歇根大学法学院一个贴有墙裙板的房间里，房间是哥伦比亚广播公司为节目拍摄而占用的，里面摆着水果、咖啡和饼干，而这一天正是莱特曼开庭受审的最后一天，我们届时已经花了几个星期的时间来观看法庭大屏幕上放映的简的尸检照片。到此时，我才开始明白，母亲那种至高无上、不可渗透的自我幻想可能来自何处。

在1月的听证会上，一名法医大声描述了每张照片。当时还没有陪审团，因此不需要投影照片。法医说话时，眼泪不由自主地从我和姐姐的眼里流下来。但我的母亲没有哭。她的身体全然崩坏了。她转过身，胸部好像被掏空，整个身体越来越像一具空壳。她的膝盖因痉挛而颤抖。我想抚摸她，但不知道什么样的抚摸能帮到她。我先试着用双手轻轻按压她颤抖的大腿，然后把一只手放在她的背上。她没有任何反应。很明显，母亲已经进入了一个世界，在那里无法被触摸，也无法获得慰藉。

休息时，我和姐姐逃到卫生间，埃米莉告诉我，她几乎不敢看母亲。她实在不忍心看到她如此痛苦。我同意她的说法，但并没有向她表白这种不那么让人钦佩的情绪。我还感到愤怒。我希望母亲能坦然面对这些细节。我无法忍受法医的话让她的身体萎缩成了小女孩。我不想让她转过身去，我不想让她发抖。看着我美丽的姐姐洗手，擦干手，然后涂口红，我努力想象，如果我在大屏幕上看到的是她的验尸照片，而不是简的，我会是什么感觉；这种想法让我迅速闪过一丝愧疚和麻痹，随之而来的是一阵恶心。那是我母亲的妹妹。我刚刚在想什么？

英国女作家安吉拉·卡特在重述《蓝胡子》传说时写道："你绝对没看过比我母亲当时模样更狂野的人，她的帽子已被风卷走吹进海里，她的发就像一头白色狮鬃，裙子挽在腰间,穿着黑色莱尔棉线袜的腿直露到大腿,一手抓着缰绳拉住那匹人立起来的马,另一手握着我父亲的左轮,身后是野蛮而冷漠的大海浪涛,就像愤怒的正义女神的目击证人。"[1]

在卡特版本的故事中,蓝胡子并没有杀害他年轻的新娘。相反,她的母亲在关键时刻赶到,用"一颗无可指摘的子弹"射穿了蓝胡子的脑袋。

这是我想要的吗?

---

[1] 节选自《焚舟纪》(南京大学出版社,2012),严韵译。

邪恶真面目

他来给房子灌充煤气，我被拴在一个大鸟笼里，走来走去时，鸟笼会发出哐当哐当的声响。我想在笼子里上楼梯，但太难了。他来给房子充煤气时表现得非常亲切和蔼，然而我知道他要杀了我。显然，他已经精神失常了。我"哐当"一声冲出屋子，发现他用胶带封住了所有的通风口。我冲到一片草坪，草坪向下倾斜通向一条河，在靠近河的地方变成了泥地。泥地让人感觉出奇绿和湿润，是那么美好，那么真实。我立刻明白，这片泥地就是救星，就是毒气的解药。后来，当他回来时，对我还活着竭力装出毫不惊讶的样子，但他显然非常吃惊。我把他绑了起来，装进黑色垃圾袋里，准备活活烧死他。我在想，我知道这只是一个梦，但我真的会让自己做这些咄咄逼人的暴力行为吗？我想了一会儿，因为他是个大块头，所以袋子可能会很重，但这只是个梦，不会给我造成任何麻烦。一旦被绑起来装进袋子里，他就不会再发出任何声音了，就好像他不存在了一样。

因此，多年来我一直梦想着直面某个综合了男性暴力和权力的邪恶缩影，我一直以为他就是杀害简的凶手。有时，他是一个没有面孔的影子；有时，他长着一张我认识的某个人的脸。有时，我的母亲和姐姐也在那里，我们互相帮助。其他时候，我们都在那里，但我们并没有互相帮助，要么是因为我们不能，要么是因为我们不愿意。大多数时候，我都是一个人。

关于杀害简的潜在凶手，我唯一的另一个印象是约翰·柯林斯，他在被捕的时候，是一个年轻英俊的白人男孩，显然很有魅力。就像人们常说的，他很有女人缘。

在1月的听证会上，我和母亲、姐姐埃米莉手拉手并肩坐在长椅上，而我正看着一位身着森林绿囚服的六十二岁老人步履蹒跚地走进法庭。他几乎秃顶，只剩下呈月牙状的白发，满脸胡须，经常用手抚摩。他有一个圆鼓鼓的大鼻子，偶尔会涨成暗红色，还有一双小眼睛，目光呆滞。在被告席下，他的双脚平放在地板上，脚踝上戴着脚镣，穿着黑袜子和棕色塑料监狱凉鞋。他不时地摘下眼镜，用绿色囚衣的边缘擦拭镜片，然后又眯着眼睛看向法庭。他有几次转过身来扫视整个房间,看起来完全失去了方向感,好像不知道自己身在何处。

我也感到无所适从。我本以为能看到"邪恶真面目",结果却看到了埃尔默·福德①。

这一天,莱特曼花了很多时间观察自己的双手,大多数时候,他都是双手合十,放在脸前或紧贴着肿胀的肚子。当法庭上有人需要戴上乳胶手套处理证物时,他就会立即动起来,这让我想起了他的护士生涯。除此之外,他一动不动,但每当证人或律师需要时,他就会迅速拿起一副涂着粉的手套,颤抖着递给证人或律师,往往在需要的前一刻,他就会以护士提供防护的本能进行协助。傍晚,一束深邃的阳光洒向法庭,最终落在被告席上。其他人都转身或移动座位来躲避阳光,但莱特曼却不能

---

①Elmer Fudd,美国动画卡通角色,也是兔八哥的宿敌。

动,他只能忍受。我看着阳光浸透他的脸和身体,看着他徒劳地用手遮住脸。就在他本能地帮忙拿起手套时,我有一种冲动,想用身体挡住阳光,或者至少拉下一片遮阳板。

我们坐在各自的位子上,我看着光线从他身上移过。

我看着光,看着他的手,我试着想象他的手指扣着枪的扳机,我试着想象他的手正扼住一个人的脖颈,正勒死简。我知道这种想象既无用又可怕。我想知道,如果我一遍又一遍地想象,后来发现不是他干的,我会作何感想。我整天盯着他,就好像上天要降下一个征兆,表明他有罪或清白。但征兆并没有降临。

1月听证会的目的是向法官陈述案件的基本情况:证明发生了凶杀案,确认受害人是简,提供足够的合理理由以确保进行全面审理,决定在审理之前是否应继续拘留莱特曼,如果继续拘留,则决定推迟或拒绝保释,等等事宜。这一天，我的外公是第一个被传唤出庭的证人。当他摇摇晃晃地进出证人席上时，法庭上的每个人都有点担心；在这时摔碎髋骨似乎格外残忍。

走上证人席的外公显得老态龙钟。他穿着他最喜欢的深紫色西装外套和鲜红色羊绒衫，那是几周前我母亲送给他的圣诞礼物。州检察官史蒂文·希勒请他告诉法庭，1969年3月21日下午他在停尸房看到了什么。我的外公向前倾身，清楚地说道："我的二女儿。"他仍然一脸惊讶。

这一天结束时，我外公宣布他对莱特曼有一种"直觉"。他是在高速公路边汽车旅馆对面的橄榄园吃晚饭时这样宣布的，汽车旅馆是州政府安排我们大家过夜的地方。他多次提到这种"直觉"，但从来没说过到底是什么。

他说："我要说的是，他看起来像是很痛苦。"

"我不指望你能同情他，"施罗德在莱特曼被捕的第二天对我说，"我是说，他是个可怜虫。他的健康状况很糟糕，在我看来，他的身体已经完全被自己的所作所为吞噬了。"

坐在橄榄园里，我在想，看起来像个痛苦的人，或者有一具被吞噬的身体，是否意味着你在三十年前对一个完全陌生的人预谋并实施了残忍的性谋杀？我现在还记得，几年前，当我试探性地、隐秘地因为简当面询问我外公时，他说自己对约翰·柯林斯有一种"直觉"。

虽然我的外公已经九十多岁了，但无论是日常生活还是之前九十年的生活，他几乎没有任何疲惫的迹象。他每天要喝三壶咖啡，洗几次热水澡，玩上一整夜的填字游戏。控方团队叫他"丹医生"，这很适合他；他当了六十多年的执业牙医。他想表现得锋芒毕露，他做到了。但我知道他累了，因为在法庭上，他好几次睡着，头耷拉在碰巧坐在他身边的哪位家人肩膀上。每次他醒来时，都会显得很惊慌，并立即向死气沉沉的法庭保证道："我没事，我没事。"

在7月判决前的几个月里，外公越来越担心警方会建议从坟墓中挖出简的尸体，以寻找更多证据。他开始在深夜打电话给我母亲，说他不允许这样做，他就是不允许。

我母亲告诉外公不要疑神疑鬼。她说，船到桥头自然直。到目前为止，我们还没走到那一步。

直播

在1月的那一天,检察官希勒警告我们说,法医的证词只是为接下来的残酷审判进行热身。2005年7月12日,在开始开庭陈述之前,他再次警告我们。他把当天在场的简的家人,包括我、我的母亲、我的外公、简的弟弟及他的妻子,叫到法庭过道的一边,告诉我们他将为陪审团放映几张简的尸检照片,这些照片我们可能不愿看到。

我舅舅听到了警告,说他没理由让自己脑海中出现这些画面,然后径直去了法院的咖啡厅。

我母亲却不这么认为。她告诉希勒:"我们很坚强。我们能承受。"我不知道她在替谁说话。

我的外公似乎心神不宁,在两个幸存子女的两极立场之间左右为难。他转过身来问我:"孩子,你觉得我该怎么办?"

我空洞地回答,我认为你应该做你该做的事。我清楚地知道,他根本不知道他该做什么,而且他也不可能在法庭坐满之前的两分钟内做出决定。

他慢吞吞地走了进来,幻灯片开始放映。

照片2:

筒,躺在金属轮床上。这是一张侧面照,从胸骨往上。她全身赤裸,只戴着一条婴儿蓝的头巾,头巾很细,只比丝带宽一点。她的头发是赤褐色的,闪着血光。接下来,她的脖子上系着用来勒死她的丝袜,丝袜的绳结和两端向镜头牵拉着,几乎就像一款时尚饰品,就像某种不同寻常的领带。丝袜看起来有些发红,可能是照片年代久远的缘故。据我所知,这只是一条普通的棕色长袜。不是她的丝袜。上面写着"来自现场之外"。它错误地深深嵌入了她的皮肤,以至于在这里看起来就像一幅漫画。她的脸、一侧的肩膀和腋窝都发着光,其本身就是光源。她的腋窝看起来特别白嫩,就像小女孩的腋窝。一个从未见过阳光的腋窝。

放映完前几张照片后,希勒来到我们的长椅旁。他小声告诉说,下一张照片相当骇人,我们可能不想看。

他小声说,照片展示的是取下丝袜后的简的颈部。印痕极深。

我母亲向坐在她右侧的外公重复了这一信

息，外公的听力不好，听不清希勒低分贝的耳语。

"他说我们可能不想看这照片，"母亲在他耳边说，"印痕极深。"

我外公问道："哈？你说什么？"

"你可能不想看这张照片，"她提高音量假装耳语重复道，一边把头低向膝盖。

在低头的过程中，母亲低声对我说："告诉我，我该不该看。"

母亲弯着腰，我突然觉得自己暴露在长椅上，成了唯一一只留在电线上的小鸟。我呆呆地坐在那里，盯着屏幕，等待着下一张照片的出现，感觉自己就像一根天线在控制允许呈现的画面。

不过，我正在尝试一些小伎俩。每当一幅照片出现时，我都会快速地看一下，像按快门似的睁开眼睛再闭上。然后我再看得久一点儿，直到眼睛能一直睁开为止。我知道照片会在屏幕上停留一段时间,直到律师和证人把该说的都说完。所以不用着急。你可以慢慢适应。事实是,你也确实适应了。

"嗯?"我母亲弯着腰低声说。

"没那么糟,"我小声回答,"不过你还是别看的好。"

一日将尽,当我们一个接一个走出法庭时,外公拍了拍我和母亲的后背,自信地说:"好吧,这并没有伤害到我们。"

我不知道他在说什么。

我想说:"这是你自己的看法。"

或者,"你现在是这么想的,但你等着瞧吧。"

或者,"你说的'伤害'是什么意思?'伤害'对你意味着什么?"

下楼梯时,我在一侧扶着他,他同时扶着栏杆。即将走下楼梯时,他紧紧抱住我,说:

"你知道的,你永远是我的简。"

"天啊,外公,"我想说,"你看到你的简在照片中的样子了吗?她看起来可不太好。"

但我只是点点头,法院的自动门缓缓打开,把我们送回到夏天的闷热中。

法庭电视台随后进行了报道:

> 当褪色的照片闪现在投影大屏幕上时,陪审团成员看上去肃穆庄重。陪审团中的几位女性看向了坐在法庭前排的受害者亲属。希勒曾三次走近死者家属,警告他们即将播放的照片令人不安,但每次受害者九十多岁的父亲丹·米克瑟都回答说:"我会留下来。"

1969年3月21日早晨,最先发现简尸体的是一位名叫南希·格罗的年轻家庭主妇。多年来,我在许多不同的地方读到过关于这个女人和她发现尸体的故事。例如,在《密歇根凶案录》中,她以"佩妮·斯托"的身份出场。我还在《简》中写过一首关于她的诗。我做梦也没想到能亲眼见到她。

格罗现在已经六十多岁了,像只鸟儿一样克制,皮肤下的神经绷得紧紧的。她在1月的听证会上再次出现,描述了她在三十多年前与简的尸体相遇的情景。她似乎并不乐意这样做。尽管如此,格罗还是礼貌地解释了她的儿子如何把在去乘校车路上发现的一个沾满血迹的袋子带给她,她是如何把他赶走,然后在街道上环顾了一番。她走到登顿公墓,在钢丝网围栏外停步,站在简的脚边,吓得呆住了。她不记得自己站在那里盯着看了多久。她一直在想:"也许是个假人,也许是个假人。"不知道什么时候,她走进墓地几步,越过围栏,想看得更清楚一些。然后,只穿着睡袍和便鞋的她跑上自己的汽车，驶向几个街区外的姐姐家。一到那里，她就开始失控地尖叫。

格罗当时觉得自己完全没有记住简的具体特征，后来却能从年鉴中认出简的脸，这让她自己都感到惊讶。她说："简的脸留在了我的记忆里。"

格罗承认，她从未告诉警方自己越过围栏进入了墓地。当律师问她原因时，她说她觉得太羞愧了。她说不出为什么，但就是觉得很羞愧。

这个轻声细语、饱受精神创伤的女人站在证人席上，她在作证的大部分时间里都坚定地避免看我的家人，只是低头盯着自己的双手，看着她我也开始感到羞愧。

格罗当时因自己走近细看而感到羞愧。也许她现在感到羞愧，是因为当着认识和爱简的人的面谈论一个陌生人的痛苦，让她感到困难和不义。

这两种感受我都深有体会。我已经仔细观察了一段时间。虽然简和我有血缘关系,但她对我来说就像格罗一样陌生。她的死亡故事可能影响了我们两个人的人生,并把我们带到了同一个房间,但这并不意味着我们中的任何一个人认为我们有责任讲述这个故事。

格罗在1月听证会上的羞愧,将使她在7月的审理中与几乎所有其他人都不一样。其他人似乎都没有羞愧感——犯罪现场将简的直肠体温与尸检时肝中心测得体温进行比较的法医没有;每天坐在我们家门前长椅上为写书做笔记的澳大利亚中年犯罪小说家没有;潜伏在女厕所隔间里偷听我和母亲谈话的当地报纸低俗记者没有;日复一日拍摄我们进出法院情景的摄影师没有,他们拍下我们早上因睡眠不足而布满皱纹的脸,拍下我们傍晚时的泪痕斑斑和憔悴面容;《解谜48小时》的制片人没有,他们将在节目中大量使用犯罪现场的照片,甚至在希勒出面表示绝对不能使用之前，他们原本还计划使用尸检照片；法庭电视台的记者没有，他们将在网络上直播尸检照片，然后将其保存在线上档案中，以便供公众查阅。

也许我感到的羞愧替代了在我看来别人应感到的羞愧。

也可能是因为在莱特曼受审期间，我每天都坐在法庭里，拿着信笺簿和笔，记下所有血淋淋的细节，和其他人没有什么不同，也没有比他们好到哪里去。我为何在直播时重新整理这些细节，原因我还不清楚，我也无法自圆其说，也许永远都说不清楚。

但正如在我母亲摔倒在厨房后我对她说的那样，有些事情可能值得一提，因为它们发生了。

红

父亲去世后的那些年里,我经常独自一人,或者和母亲独处。她常常说:"只剩我们这些胆小鬼做伴了。"埃米莉十三岁时去了寄宿学校,我那时十一岁,这次离开标志着一系列冒险和监禁的开始,从此她再也没有回家。我母亲有了新的丈夫,但他的存在让我感到陌生,时断时续。他偶尔才会出现在餐桌边,双手被涂料和油污染黑。他是个房屋油漆工和木匠,比母亲小几岁,多年前我父母曾雇他来粉刷我们在加州圣拉斐尔的家,这是我记忆中唯一与父母同住的房子。我的父亲是一名律师,那时候他经常出差在外；我的母亲是一名沮丧的家庭主妇，在家带着两个年幼的孩子。我七岁时，她爱上了那个油漆工，我八岁时她与父亲离婚，我九岁时她嫁给了那个油漆工。

父母离婚后大约一年半时间里，我和埃米莉在"共同监护"的名义下，游荡于父母的不同公寓和住所之间。但是，1984年1月28日傍晚的一通电话改变了这种状况。我父亲本应在当天下午去见一位朋友，但父亲一直没有出现。那个朋友打电话给我母亲，说她很担心，说这不像我父亲的行事风格，感觉有些不对劲。此时，我的母亲和父亲都住在一个叫米尔谷的小镇上，彼此相距几公里远，他们仍然很亲密。事实上，我父亲经常表现得好像有一天疯狂的阴云就会消散，他们会重归于好，就像什么都没发生过一样。我母亲告诉父亲的朋友，她会去他家看看，确保一切正常。埃米莉和我也去了。

虽然我们没有理由怀疑出了什么严重问题，但在去他家的短途车程中，我们还是感到了不祥。我不记得是埃米莉还是谁让我母亲关掉了收音机，因为收音机里狂躁的无线电信号声听起来很不对劲。车开到他的房子时，母亲注意到车道上放着几份报纸，邮件也没有收进去。

我们一起进了屋，但我母亲独自下楼去了他位于地下室的卧室。一分钟后，她又回到楼上，叫嚷着要我们马上离开房子。

埃米莉和我在屋外的路边坐了一会儿，透过窗户看着母亲歇斯底里地穿梭于各个房间，她尖叫着："在我确定没有谋杀迹象之前，你们不能进来。我必须确保没有任何谋杀迹象。"

我当时十岁，不知道谋杀是什么意思。我只知道这是戈尔迪·霍恩和切维·切斯所主演电影的名字，我最近和父亲一起在娱乐时间电视台（Showtime）看过，但那部电影是一部喜剧片。

"你们的父亲把该死的电话簿放在哪里了？"她叫嚷着，疯狂地打开所有橱柜，震惊之余却忘记了她要做的只是拨打911。

我和埃米莉与一个十来岁的男孩在昏暗的街道上共处了大约半个小时，他在街区里来来回回地玩着滑板，诧异地看着夜幕降临。当警察和救护车终于赶到时，他便离开了，一路发出嗒嗒的响声。

我和埃米莉跟着医护人员进了房子，我在父亲客厅的酒架和长沙发之间的缝隙里待了下来。我不知道埃米莉去了哪里。留在我的缝隙里，我可以不碍事，但还是能看到发生了什么。首先，我看到医护人员抬着担架冲下楼梯进入父亲的卧室。然后我看着楼梯。感觉过了很久，我看着他们又走上了楼梯。他们现在移动得慢了许多，抬着一副担架，那副担架和刚刚下楼时一样平整、空旷、洁白。

就在那时，我知道父亲死了，虽然我不知道他是怎么死的，也不知死因，而且有一段时间我都不太相信。

我母亲后来告诉我们，她发现父亲是横躺在床上的，好像是已经坐了起来，刚双脚着地，然后向后倒去。他身体已经凉了。

我不知道我们在父亲家待了多久，但最后我们还是开车回到了母亲和继父家。一回到那里，母亲就在储藏柜里摸索着找棋盘游戏给我们玩。她说在简遇害的第二天晚上，她和家人玩了一个棋盘游戏，这对我们很有好处。

我不记得玩过这个游戏，也不记得这么做有什么好处。

我清楚记得埃米莉那天夜里临睡前对我发誓，她绝对不会为我们的父亲流一滴眼泪，她曾极为崇拜父亲。我记得当时自己在想，她的想法听上去不是个好主意。

那夜之后,埃米莉和我便与母亲和她的新丈夫"全天候"住在了一起。他们最近买下的房子高高地坐落在小山顶上,深藏于红杉林中,乃至在我现在的梦里,它一直像一座完全由阴影和藤蔓组成的城堡。那房子永远潮湿发霉,永远笼罩在雾气中。我和母亲一整天都在屋子里追逐一束阳光,然后整个晚上都逡巡于唯一一台取暖器边,肩并肩看书,衣服被热气吹得鼓起来,这种情况也不罕见。

埃米莉和我在这座房子的地下室住了大约一年,尽管我们各自有独立的房间。但在我们的继父重新装修之前,地下室还保留着"杜比兄弟"和"山塔那"乐队的嬉皮士风格,据说在我们搬进来之前,这两个乐队都曾来过这座房子:木珠门帘、从地板铺到天花板的隔音瓷砖。我奋力保住了他们留下的一张水床,我离家之前一直睡在那上面。

我们"全天候"住在一起没多久,房子就被盗了,这给房子带来了一种迫在眉睫的危险气息,而且这种气息从未减弱过。窃贼是在傍晚时分进入的,这个时间段我和埃米莉通常会独自在家,这一天却碰巧在学校留到很晚。反倒是我们的继父恰好提前回家了,他清楚地看到了那个家伙,他正坐在陡而长的车道尽头的汽车里等着逃跑。我的继父没有看到坐在他里面的那个人的脸,那个朝着楼上大喊"我有枪、快出来"的人。我的继父最后在法庭上指证了逃跑的司机。几个月后,我们在街边的一家意大利餐厅发现自己正坐在他旁边的卡座里,他一副怒不可遏的样子。

从那以后,每当我独自一人回到空荡荡的家里,带着越来越强烈的恐惧感,我都会沿着车道缓慢地走"之"字形路线。到达山顶后,我会用挂在红木柱子背面钉子上的备用钥匙开门进去,然后对房子进行简短却彻底的搜查,以确保里面没有入侵者或死尸。这种仪式包括先拿起屠刀作为武器，检查衣柜、床和浴缸里是否有尸体，然后安顿下来开始做作业。在搜查过程中，我经常大声说话，告诉那个无形的入侵者，我已经盯上他了，我知道他就在那里，我不怕他，一点也不怕。

在莱特曼受审期间的一天夜里，我母亲在晚餐时不经意间告诉我，她一直不喜欢徒步旅行，因为她总是害怕会在路上遇到一具尸体。起初我以为她愚蠢透顶。然后我记起了这个屠刀仪式。然后，我快速回想起自己在纽约东村波威里街附近的酒吧工作的那些年。我记起每当卫生间的门长时间锁着，而要小便的恼怒顾客要求我处理时，我就感觉自己要完蛋了。在必须的大声敲门和"你好，有人吗"的喊声之后，我会打开门锁，迅速将门推开，满心以为会发现一具死尸斜躺在马桶上。

百分之九十五的情况是，门从里面卡住

了，卫生间里空无一人，只有一个用淡紫色玻璃纸包裹的灯泡照亮的小隔间，这种光线让空间有种时髦感，但也太暗了，暗得找不到血管。但另外百分之五的情况是那里会有一具身体，是个吸毒过量或晕倒的人。我知道里面至少曾有一人死于吸食海洛因过量，虽然那天夜里我没有当班，但这足以让我觉得整件事情就像俄罗斯轮盘赌。在那里工作的五年间，我每夜都害怕强行闯进卫生间。

我仍然梦见这个昏暗的淡紫色卫生间。就在前几天夜里，一个女人在里面割腕自杀了，而作为酒吧员工，我们本该照顾好这个女人，确保她不会晕倒、中弹或受伤。但我们搞砸了，我们让她拿到了刀片，她就把自己锁在小隔间里死去了。卫生间的地板是用金属格栅铺成的，格栅下面是熔融的宇宙中心。她躺在金属格栅上伸展开身体，让自己的血液流到地心，将自己的血液喷溅到汹涌的地下世界。出于礼节,她事先在砖墙的多孔部分塞上了棉花。当我们拔出棉花时,她的鲜血如洪水般涌入了酒吧。

这一担忧的讽刺之处是,我在纽约下东区的公寓本身就是一个毒品窝。每当深夜下班回家,我都得检查室友的房间,看看有没有昏昏沉沉、吸毒成瘾的女孩,她们的烟头可能已经在家具上烧出洞来,然后我才能睡觉。我不止一次擦去从麻木的嘴里冒出的奇怪白色泡沫。由于我没有嗑过药,所以我也不知道该怎么做,我只是把污垢擦干净,确保所有的烟头都熄灭了,检查每个人都在喘气,然后就去睡觉了。

事实上,我的床也是个毒品窝。我曾不止一次在床上看到我的瘾君子男友那吸毒过量的身体。最后一次,在我打了911并把他拖到圣文森特医院后,我终于——好不容易意识到,我可能已经焦头烂额了。送他入院后,我冒着倾盆大雨走到外面,用公用电话打给了我母亲。我感到屈辱难当，但又不知道还能做什么。我之前没有告诉过她当时的状况，没有告诉过她在我的床上一次又一次地发现他青灰色的身体，就像一堆死肉一般；没有告诉过她在那些因饮酒患上荨麻疹的夜晚，我在卫生间里喘不过气的时候，而他用小指指甲蘸着粉说："这么多最适合你，适合小巧的你。"

在救护车里，当他醒来时，说："我觉得我的舌头死了。"那声音就像是通过一根泡沫线说出来似的。

我告诉母亲："我在医院外面。正下着倾盆大雨，我想我必须离开这里。"

她听了一会儿，然后说："那耶稣会怎么做呢？"

母亲没在开玩笑。她根本不信教。她可能只是受了一些读物的影响。

她说："耶稣不会一走了之。试试熬过今夜。"

我说:"他这次会死的。"

"那就更有理由了。"

那时我就是个彻头彻尾的傻瓜,但一定程度上还不至于傻到不知道自己在做什么。当医生在他的胸口接上电极,让他的心跳稳定下来,并宣布他不会有事的时候,我全身无比欣慰,并充满自豪。十年时间并不会带来任何意义。这是我父亲去世的那天夜里,但这一次我及时赶到了他家,这一次我是个成年人,有能力把事情处理好。

但是,"把事情处理好"并没有让我的父亲起死回生。我只是因此为一个糟糕的瘾君子签署了出院文件,他像一只脑死亡的小狗一样摇摇晃晃地和我一起回了家,在半夜承认和某个愚蠢的瘾君子有染,然后出门去休斯敦街和C大道的加油站买毒品。

这一夜之后的第二天早上,我在床上躺了一整天。我假装自己是患上某种病的孩子,如果动作太快或与人接触,骨头就会碎成无数块。我病了,就像泡泡里的男孩。我拿了一瓶普通装的威士忌,一边在被窝里喝,一边读美国作家托马斯·默顿的《没有人是一座孤岛》(*No Man Is an Island*)。

> 没有上帝,我们就不再是人。在痛苦面前,我们变成了愚蠢的动物,如果我们至少能表现得像安静的动物一样,死时不会太困惑,那就很幸福了。

这是我有生以来第一次在思考基督的问题时感到麻痹瘫痪。我把电话拽到被窝里,给以前的一位写作老师打了电话,她是出了名的宗教狂热分子。她说自己是一个基督教知识分子。我告诉她,我看过她最近发表的一篇关于《路加福音》的文章,我不记得是在哪里看到的了,她能不能发给我,或至少告诉我文章里写了什么?

她说:"你为什么不自己读读《圣经》里的红色部分①呢?"

"好吧,"我告诉她,挂了电话,"我会的。"

我不知道她是什么意思。我当时觉得自己很蠢,但后来我问的几乎每个人也都不清楚。多年后在研究生院的一次讲座上,我甚至问过一位具有"《圣经》文本学识"的教授,他也只是耸耸肩。当时,我想象着把一具尸体从下巴到生殖器切开,把内脏器官分开,然后像解读茶叶一般来解读它们。

就在几天后,我通过这间公寓的窗户目睹了我迄今为止看到的唯一一起谋杀案。凌晨五点,我被一个人的奔跑声和汽车行驶的刺耳声惊醒,往窗外一看,正好看到三个华人帮派成

---

①在某些《圣经·新约》的印刷版本中,会用红色标出耶稣亲口说的话。

员在用棒球棍猛击那个奔跑的人的头部,然后跳上车,开走了。他们下手很重。一分钟后,一个穿着睡袍的华人老妇人尖叫着跑过街区,薄薄的塑料鞋底拍打着砾石,发出回响。这一切都发生在泛紫的晨光中,是黎明前升起于黑漆漆的公寓和东河之间的晨光。那个女人跪在他的尸体旁,他的尸体以奇怪的角度躺在阴沟里,然后女人把他抱在怀中。他的头部流出了大量鲜血。我打了911,他们问我袭击者是黑人还是拉丁裔。我说都不是,也没有告诉他们我的名字。到了早上八点,果园街的沿街店铺开始开门营业,人们走过人行道上的铁锈色污迹,视若无睹,也不知道那里曾发生了什么。到了下午,污迹已经不见了。

所以你要把所看见的,和现在的事,并将来必成的事,都写出来。①一段红色部分。

---

① 《新约·启示录》第1章第19节。

补篇

2004年冬天,《简》即将出版,我考虑通过写补篇来公布简的案件进展。第一次通电话时,施罗德就打趣地建议我这样做。我母亲告诉了他我即将出版的新书,虽然他对这本书很感兴趣,但他想确保在莱特曼被捕之前,我不会在公开场合谈论这本书。我向他保证,这本书几个月内都不会出版,而且诗歌的销量也不会高。

他说:"即便如此,你最好准备好写个补篇。能解释一切的补篇。"

2004年11月12日,我坐在"如家客房"

的书桌前,拿出一张纸,在纸的顶端写道:

解释一切的补篇
(第一次写作尝试)

补篇采用清单的形式——

1. 2001年,大约在我开始写这本书的时候,在我不知情的情况下,与简的谋杀案有关的证物箱被从储物柜中取出,送往密歇根州兰辛市的州犯罪实验室进行基因检测。

2. 在箱子里的物品上发现的大部分遗传物质,例如犯罪现场留下的黄白条纹毛巾上的大片血迹,可能来自简本人。但某些证物上的DNA则属于其他人,主要是在简的连裤袜上的几处地方发现的细胞沉淀物。

3. 这些细胞沉积物并非来自血液、精液、尿液或粪便。它们的来源无法确定,实验室分析人员目前猜测是汗液。分析人员说，无论这些细胞沉淀物来自哪里，其数量都非常充裕。"证据充足。"

4. 2004年7月7日，美国联邦调查局监管的计算机数据库——综合DNA索引系统（CODIS），将获罪的重罪犯的DNA样本与全国各地实验室提交的证物样本进行比对后，通知兰辛实验室，从简的连裤袜1—3号取样点提取的外来DNA细胞属于一个之前从未出现在警方嫌疑人名单上的人——加里·厄尔·莱特曼。

5. 加里·厄尔·莱特曼是一名退休护士，他与结婚多年的妻子索莉住在密歇根州戈布尔斯附近松树林镇的湖畔别墅里。他和索莉有两个领养的孩子，都是他妻子姐姐的孩子，来自菲律宾。

6. 莱特曼的DNA之所以进入了CODIS，是因为他在2001年因伪造麻醉剂处方而被控犯有重罪。他使用自己工作多年的博吉斯医疗中心的空白处方单从当地的梅杰百货购买了止痛药维柯丁,并因此被捕。莱特曼被判接受戒毒治疗。除此之外,他没有任何犯罪记录。

7. 暂且不考虑可能使统计推断复杂化的诸多因素,简连裤袜上"资源量丰富"的细胞物质可能来自莱特曼以外的人的概率大约是171.7万亿分之一。

这张清单本可以到此为止,也许确实解释了某些事情。但清单还接着列了下去——

8. 2003年12月9日,也就是匹配出莱特曼前大约八个月,CODIS返回了简的案子中另一个之前未曾发现的嫌疑人信息,此人名叫约翰·戴维·鲁埃拉斯。

9. 鲁埃拉斯的匹配结果并非来自简的连裤袜,而是来自1969年在简尸体左手背上发现的一滴形状完美的血迹。这滴血迹当时就引起了警察的注意,因为它并没有像在简身上发现的其他血迹一样被涂抹。验尸时,验尸官把这滴血迹刮进了一个微型牛皮纸信封,在那里一放就是三十多年。

10. CODIS匹配出鲁埃拉斯后,警方立即开始寻找他。他们在狱中发现了一名三十七岁的男子,他因于2002年1月25日将其母玛格丽特·鲁埃拉斯殴打致死而获判二十至四十年徒刑。

11. 鲁埃拉斯显然已经殴打他的母亲多年;他的最后一次殴打导致她肋骨断了十一根,脸"被打得发紫"。

12. 1969年3月20日,简被杀当晚,约翰·戴维·鲁埃拉斯年仅四岁。

13. 在狱中,鲁埃拉斯告诉警方,他知道一些关于简谋杀案的事情,而如果警方愿意为其减刑,他就会与警方分享这些信息。但由于当时鲁埃拉斯只有四岁，现在又迫切想进行认罪协商，所以没有人相信他说的话。至于从他1969年时的看护人那里获得的信息，他的母亲现在（显然）已经去世；原来，他的父亲戴维·鲁埃拉斯也在二十世纪七十年代的另一起事件中被谋杀了。他的父亲是被人用锤子打死的，尸体被裹在浇了汽油的地毯里，点燃后扔进了垃圾箱。这起案件至今仍未侦破。

14. 在与我家人的电话会议上，各位警探承认，与约翰·鲁埃拉斯的匹配结果很离奇，令人不安。但是，鉴于科学依据，他们说自己别无选择，只能相信这个小男孩在简被害当夜以某种方式"接触"了她的尸体。1969年，鲁埃拉斯一家住在底特律市中心，距离登顿公墓大约四十公里。也就是说，并不在邻街拐角处。（另一方面，莱特曼就住在附近。）但是警探说，考虑到"他的家庭生活环境"，"小约翰"可能以某种方式卷入简的谋杀案这一想法,并不像最初听来那么牵强。他们没有详细说明,只是说他们知道小约翰从小就爱流鼻血。

翻看这份清单,我意识到自己不能把它写进《简》。事实上,我几乎没办法与朋友分享,更不用说陌生人了。我很快就意识到,这并不能成为鸡尾酒会上的谈资。不仅如此,它几乎什么也解释不了。

在我经历过的所有谋杀心理变化中,我从未想过会涉及一个孩子。现在,我发现自己深夜穿着浴袍在"如家客房"里踱着步,思绪奇怪而战战兢兢地围绕着一个四岁男孩怎么会"接触"到简的尸体这一问题。或者更具体地说,他的一滴血怎么会滴在简的手背上。

"我昨天读了这篇报道,现在还在用头撞墙。"一位刑事法律网站的博主在读到宣布简的案件存在DNA双重匹配结果的文章后如此回应。

在2005年5月的听证会上,法官将询问希勒,州政府计划如何在审判中解释鲁埃拉斯血液的存在。

希勒会说:"有很多可能性。"法官会厉声发问:"说一个吧。"

在中心镇闹市区的影院里,整季都在上映的大片是《鬼娃孽种》(*Seed of Chucky*),是杀人玩偶恐怖喜剧系列电影的第五部。我每天都会路过这部影片的海报,海报上是一个身穿条纹衬衫和白色工装连衣裤的小孩,浑身是血,他那张癫狂的脸是用针线缝合起来的。我差点儿就想去看这部电影了。

后来,其他一些包括远在澳大利亚或英国的博主,也开始发表自己的看法。

也许这个四岁的孩子确实出现在了犯罪现场。或者,也许基因鉴定结果是错的。如果是前一种情况,整件事情不可思议又令人扼腕;若是后一种情况,也许DNA(正确操作的前提下)绝对可靠这一观点出现了一丝松动。

有趣但终究令人沮丧的故事……至于这名显而易见的四岁共犯背后的各种可能,几乎可以荟萃成一部有趣的选集了。情况是这样的,每个作者想到的可能解释是什么?这件事甚至复杂到让我产生这种想法,这让我更加沮丧。

这起谋杀案的重审似乎有些不对劲。

被告方表示同意。被告方将认为,莱特曼、鲁埃拉斯和简之间之所以没有明显的联系,是因为除了2002年初的同一时期,三人的基因样本在同一家DNA实验室进行处理这一事实之外,三人之间没有任何联系。的确如此:兰辛实验室在检测2002年鲁埃拉斯谋杀其母所留血衣的数日中,分析人员至少一次在同一天检测了1969年从简手上刮下的血滴。根据2002年1月1日生效的密歇根州新法律,所有获罪的重罪犯,无论是否实施了暴力犯罪,都必须向CODIS提供DNA样本。

莱特曼的律师会说:"太多巧合了。"

整个春天,我都在《纽约时报》上一丝不苟地剪下有关休斯敦和马里兰州DNA实验室丑闻的文章。在休斯敦的实验室里,一些证物保存条件非常糟糕,以至于一名观察员在一场大雨后看到血迹从一个纸板证物箱中渗出。实验室污染似乎比我能想到的任何其他情况都更有可能发生,更不用说比之轻微的问题了。

> 男孩被迫看到。男孩无意中目睹了这一切。不知何故,男孩被迫参与其中。他

被迫造成伤害。男孩流了血；也许发生了打斗。也许男孩在到达现场之前就已经受伤流血。莱特曼认识他的家人，在他们家杀了简。出于某种原因，男孩在他的车里。男孩独自游荡，在墓地发现了简的尸体。男孩站在她已死或奄奄一息的身体上方，惊恐、困惑、不解，一滴血从他的鼻子滴到了她的手上。

最后，我规定自己只能在大学游泳池游泳时思考"鲁埃拉斯问题"，有时也被称作"迷路男孩理论"。在水下思考这个问题似乎是正确的。

情况是这样的，每个作者想到的可能解释是什么？
这起谋杀案的重审似乎有些不对劲。

红房子

在我母亲和继父家,在黑暗的山上。埃米莉和她那位比她年长不少的男朋友正在地下室亲热。他对楼上的我母亲大喊:"我在用手指玷污你的女儿。"但我的母亲没有让他离开。我嚷嚷着家里应该多一些管教了。但我喊得太大声,妈妈身体虚弱,在埃米莉的房间里心脏病发作。我对埃米莉喊道:"打911。"妈妈现在躺在地上,我正抱着她。埃米莉没有打911,而是问母亲:"你想去夜总会吗?"她觉得这很好笑,而我却对她袖手旁观感到愤怒。我知道她男朋友有暴力倾向，我知道他打过我姐姐，所以我让他打我的脸，就是要证明我不怕。我说："你吓不倒我。"然后，我对他施展了几招合气道，他吓得立刻像一个小男孩一样缩成一团。

埃米莉离开寄宿学校去读大一时怀着身孕。我们母亲不知道这件事，埃米莉自己也不知道，直到她在上午的化学课上经常呕吐。我们在电话里讨论了这个情况。她在新宿舍里用着公用付费电话，而我还在地下室。

"想象一下，如果孩子生出来是白的而不是黑的，妈妈会有多惊讶。"她粗声粗气地笑道。她那位十九岁的男朋友是黑人，但她认为，责任人更有可能是母亲的一个（白人）朋友的大儿子，一个长相好看、身材瘦弱的孩子，据说他不止一次用拳头打他母亲的肚子，她同样瘦弱得如同玻璃一般。一天晚上，我们去他们家吃晚饭，我母亲和朋友在楼上把酒言欢，埃米莉则和那个男孩在他卧室的下铺床上做爱，而在隔壁的房间里，他那位长得不那么好看的弟弟，把他收集的青蛙扔到我的腿上，试图把它们砸晕。

"这意味着他喜欢你。"当我们四个终于再次出现共进晚餐时，他们的母亲向我眨了眨眼，埃米莉身上的衣物布满褶皱，而我的小腿上溅满了泥巴。

我发现埃米莉怀孕的秘密很难保守。她似乎希望这个问题能在一段时间内自行消失。她还灌下了很多酸水，我担心胎儿会变成一个闪闪发光的脑损伤外星人。

最后，她告诉了我们的母亲；最后，她流产了。那个周末我什么都记不得了，只记得他们看完医生回家后，埃米莉抱着肚子冲出车外，跑进屋里直奔卧室，她的眼哭得又红又肿。

到了春天，她被开除了，因为在这所实行

"三振出局"政策的学校里,她已经发生了三起"重大事故"。

事实证明,我的母亲和她的丈夫也很会保守秘密,因为仅仅几个月后,他们就对埃米莉搞了突然袭击,把她送到了犹他州一所名为普罗沃传统女子学校的"禁闭"机构。我母亲现在承认,这个决定可能是个错误。普罗沃传统女子学校是一家摩门教机构,里面装满了监控摄像头和孤苦伶仃的囚犯,她们吃饭时不准用刀叉,却获准花几个小时互相取笑对方的头发,并用荒诞的故事来诋毁对方,说她们是因为做了什么不入流的事才会被送到这里的。有一次,我们去那里探望埃米莉,我被一群化着花哨妆容、穿着睡衣的女孩在停车场周围跑步锻炼的画面彻底吓坏了,甚至回家后还心有余悸。

埃米莉在那里待了两年,"改过自新"后回到家,进入了当地一所高中,并找了一份召冰激凌的工作。与此同时,她还计划着和两个在普罗沃勾搭的坏女孩逃走。大约两个月后的一个下午,也就是埃米莉十六岁的时候,她们偷了我母亲那辆浅蓝色的本田雅阁,用黑漆在车身侧面喷上"下地狱或全力以赴",剃了光头,上路了。

首先,她们半心半意地试图解放普罗沃传统女校的其他女孩,但以失败而告终,她们主要的举措就是绕着停车场转,鸣笛庆祝自由。接着,她们一路向东,希望能到达纽约东村。但她们在芝加哥就把钱花光了,不得不在那里躲了一段时间,住在我母亲的车里,在街上过着光头党的生活。最后,我母亲雇了一个叫"哈尔"的私家侦探来追踪她们,哈尔在芝加哥一家深受离家出走者欢迎的甜甜圈店将她们抓获,用手铐铐着她们坐飞机回到加利福尼亚,直接把她们送进了少管所。

圣诞节开车去少管所看埃米莉时,我感到

焦虑而又兴奋。我已经好几个月没见过她了，我非常想念我们之间的同志情谊，想念我们结盟反对母亲的新婚姻，想念我们对死去的父亲誓死忠心。

也有很多事情我并不想念。"砰"的关门声，偷偷清洗沾满性爱痕迹的床单，"走开，你不是我爸爸"的场景。虽然埃米莉和我都喜欢某些电影，还一起痴迷地看，比如《流动的天空》(*Liquid Sky*)、《近郊奇情》(*Suburbia*)、《追讨人》(*Repo Man*)，但她还喜欢偏黑暗的内容。有一段时间，她和她的朋友们喜欢看名为《死亡真面目》(*Faces of Death*) 的虐杀色情/伪虐杀色情电影，每当她回家短住时，我们共用的地下室电视房里就会播放这些电影。只要看《死亡真面目》的一个画面，就足以让我反胃，让我的思想腐化几个星期。

也许有人会认为，无知少年时期的我们，

相比死亡，应该会对性更感兴趣。但我们，至少是埃米莉，似乎已经看腻了性爱电影，可能是因为在父亲家的娱乐时间电视台无限制地看了一年左右的软色情电影。那些电影并没有腐化我的思想，但还是让我感到羞愧和害怕。当埃米莉和朋友或保姆一起看这类电影时，我会爬到她的床脚，蜷缩在好几层被子下，把自己变成一个小鼓包，确保我看不到任何剧情，听不到任何哭声，尽管我知道，或者至少怀疑，那是愉悦的哭声。身在那里，在房间里，感觉很重要。我猜我当时不想一个人待着。

在少管所里，我第一次看到埃米莉时，她在玻璃后面，光头上缠着一条红头巾，正在打台球。她的双眼空洞无神。我差点儿没认出她。我们进去后，她假装没看见我。

这一刻开启了一场巨变。那天晚上我回到家，许下了对自己的诺言，并把它记在日记里：我再也不会关心我的姐姐了。我再也不会关心她在哪里,是走失了还是找到了,是活着还是死了。

不过,对她教给我的一些简单实用的东西,我仍然心存感激。如何由鼻子大量吸入烟气然后从嘴中吐出,从哪里买我喜欢的桉树叶细香烟,如何沿着内眼睑画眼线。埃米莉告诉我,要想吃避孕药,只要向妇科医生抱怨月经"不规律"就可以了,所以我照做了。我喜欢我的自由和毫无个性。我对被送走毫无兴趣。我成绩很好,也很低调。最后,我觉得我姐姐疯了,或者说是傻了,竟然在众目睽睽之下做了这么多坏事。相比之下,偷我妈妈的车也只能算是家常便饭。

我姐姐从少管所出来后不久,我母亲和她丈夫又对她下手了,这次是强行把她送到爱达荷州邦纳渡口的一所"山林流氓"学校,这所学校位于雅利安人居住的偏僻地区。面对劈柴、独自野外生存探险以及精心设计的名为

"发现"和"顶峰"的实验性集体和个人疗法,埃米莉很快就撑不住了。她走了几公里,进入了一片让人迷失方向的寒冷森林里,还遇到了一匹冻僵的死马,然后被当地治安官接回了学校,并在那里待了两年。

埃米莉走后,我夜里不再醒着躺在地下室的房间里,听着她从卧室的窗户进进出出。取而代之的是,我听着母亲的丈夫来来去去,不是骑着摩托车,就是开着他油漆公司的面包车,一辆侧面印有"喷漆未干"的白色面包车。他会弹吉他,虽然弹得不如我父亲好,当他态度亲切时,他会邀请我去他的"办公室",教我唱吉米·亨德里克斯的歌。他格外喜欢《红房子》(*Red House*)。

我从来都不喜欢去他的"办公室",因为那是埃米莉的房间,在她不在的时候,他把房间占为己有。他用正在设计的房屋蓝图和他与几个"生意伙伴"在伯利兹购买的海滨地带的巨幅彩色照片，取代了埃米莉的摇滚明星和时装模特的螺旋形拼贴画。这项生意的性质经常变化，伙伴的阵容也是如此。二十世纪七十年代初，他曾与第一任妻子和女儿在伯利兹生活过几年，现在他无时无刻不在梦想着回到那里，在那片土地上生活。当他特别怀念时，就会拿出他在伯利兹拍摄的相片，投影在客厅的墙上。在这些相片中，我只记得一群面色苍白的门诺派①教徒，曾是他在丛林中的邻居。我知道他把当年的大砍刀放在他和我母亲的床下。

继父夜里离开他的"办公室"后，我就会到埃米莉那个废弃的黑暗房间里闲逛。我会听她的唱片。我不止一次羞愧地撬开书桌的抽屉。有时，我会发现一些小塑料袋，里面空空

---

①美国和加拿大新教中的一个教派，因其创始人为门诺·西门而得名。门诺派教徒生活简朴，不当公务员，不服兵役。

如也,却残留着浑浊的白色粉末。另一些抽屉里则堆满了照片,她那群留着莫霍克发型的朋友正对着镜头竖起中指。我翻阅了她留在书架上的书,其中很多是我送给她的礼物。我很高兴地看到,她在西尔维娅·普拉斯的诗集中折了几页的页角作为书签标记,这本书是我在她八年级毕业时送她的。

同一年,也就是我十二岁时,我向我们俩最喜欢的乐队"治愈"(The Cure)赞助的比赛提交了一首诗。那是一首带情节的糟糕诗作,名字叫《羞耻》(乐队给出了题目,你得创作出相应的诗歌内容)。这首诗主要是将"治愈"乐队的歌词和普拉斯的诗句拼贴在一起,以想象力再现了埃米莉失去贞操的经历。

这首诗奇迹般地赢得了比赛。我本以为埃米莉会嫉妒得发狂,但她却非常自豪,还向学校里的每个人炫耀《羞耻》和我收到的乐队来信。这是我一生中最美好的时刻之一,毫无疑问。

我借给她的另一本书是《红果丛林》（*Rubyfruit Jungle*），是美国作家丽塔·梅·布朗的经典女同性恋爱情小说。后来，我勉为其难地把这本书交给了"哈尔"，以便他寻找可能的线索来追踪埃米莉。我对此很纠结，我知道这是一种背叛。这种背叛源于我内心的谄媚，那种总想让"大人们"对我的聪明和乐于助人刮目相看的谄媚。同时，它也源于我对她不告诉我就离家出走的恼怒。这是她第一次不把秘密告诉我，我想看到她因此受到惩罚。

但我的另一部分自我却在为她欢呼。我希望她继续前进，继续把我们的母亲和继父蒙在鼓里，继续对所有人和所有事说"去他的"，说我没说出口的"去他的"。我希望她继续奔跑下去，最终抵达她迫切想去的地方。

母亲总是告诉我们，简是个叛逆、直率的

女儿,而她一直是个孝顺的女儿。简要成为勇猛的民权律师,从而改变世界;而我母亲则要结婚,通过教高中英语供我们的父亲读完法学院,然后停止工作,抚养两个孩子。简对他们的父母说了所有我母亲不能说或没有说的话——"去他的"(或者,在1969年说的"你们这些种族主义蠢猪")。因此,简在他们家不再受欢迎。如果简没有疏远她的父母,如果她没有担心他们不会接受她嫁给左派犹太人并搬到纽约的决定,她就不会在1969年3月20日独自回家。她就不会在搭车板上打广告,也就不会脑袋上中了两枪,第二天早上"肿胀而毫无生气"地躺在登顿公墓一座陌生人的坟墓上,光着屁股贴着冰冷的土地,脖子上还深嵌着一条陌生人的丝袜。

亲爱的简,

　　无论是两个国家还是两个意见相左的

人,都没有什么区别,除非建立某种形式的沟通,否则解决争端的办法不多。正是抱着这样的希望,我写了这封信。我相信,毫无疑问,在你(和我)的心目中,我们在过去一年左右的接触非常令人不安,一点也不愉快。我也认识到,女儿和父母之间的意见分歧是正常情况,幸运的是,时间会把大部分的高山夷为鼠丘。我相信我们之间也会如此。但我们最后几次在一起的经历都是痛苦的情感体验,完全没有任何结果。我无意维持那种关系。

我的外公在1968年3月4日写下了上述内容。但他们之间的关系并没有改善,事实上,随着简与菲尔关系的加深,随着她精心策划私奔并搬到纽约的计划,情况越来越糟。一年后,她死了。时间并没有给予"高山夷为鼠丘"的机会。相反,她的死将这些高山凝固成了冰山，将她的父亲凝固成了永远无法理解她以及他们之间关系的人。

事实证明，《红果丛林》是一条有用的线索。事实上，埃米莉的旅行计划大致是围绕布朗的这本书制订的，书中详细描述了一个人如何在东村通过表演相对无痛的性特技来赚钱，比如朝男人的蛋蛋扔葡萄柚。

在这些年里，我和母亲经常一起去看电影。坐在黑暗的地方，凝视着同一个方向，这是一种轻松的共处方式。周末的时候，我们会开车穿过金门大桥，来到旧金山，找一家不错的艺术影院，只付一场的门票，然后偷偷摸摸地看完一部又一部电影：这是她的小把戏。但问题又出现了——她无法忍受绑架女性的场面，尤其是把女性绑架到汽车里的场面；她无法忍受女性受到枪支威胁的场面，尤其是被枪指着头的场面。

试着带着这一规则去看电影,你会惊讶地发现这样的场景出现得如此频繁。

我十七岁离开家上大学,后来去了纽约,在那里我很快发现了一个人看电影的无穷乐趣。然而,每当这样的场景出现时,我就会立刻感觉到母亲在黑暗的影院里紧紧地挨着我。她的双手摊开捂在脸上,小指压着眼皮,这样她就看不见了,食指堵着耳朵,这样她就听不见了。

几年前,我去纽约格林威治村的电影论坛看《出租车司机》(*Taxi Driver*)时,就深切感受到了她的这种感受。我当时很兴奋,这是影片新拷贝的首次放映,也是我从未看过的一部经典影片。在排队等候时,我发现自己是影院里仅有的几位女性之一,当然也是仅有的几位单独观影的女性之一,我的兴奋之情顿时有些减弱。观众都是忠实的电影迷,可能是纽约大学电影专业的学生,他们显然是有备而来,把放映活动当成了《洛基恐怖秀》(*The Rocky Horror Picture Show*)的演出来对待,在影片角色说出台词之前的几秒钟,就一齐大声喊出那几句著名台词。这种情况还可以忍受,有时甚至很有趣,直到主角特拉维斯·比克尔的出租车乘客开始了下面的独白,这位乘客由导演马丁·斯科塞斯本人扮演,他一边透过别人家的窗户看着自己的妻子,一边说着独白:

> 我要杀了她。我要用.44马格南手枪杀了她。我有一把.44马格南手枪。我要用那把枪杀了她。你见过.44马格南手枪能把女人的脸打成什么样吗?我是说,枪会把脸打烂。把她直接炸得四分五裂。这就是用那把枪打她脸的下场。你见过枪打女人阴部会怎么样吗?你应该看看。你真该看看.44马格南手枪打女人的阴部有多厉害。

一个人坐在一群年轻男子中间,他们高喊着"你见过枪打女人阴部会怎么样吗",这一点也不好玩。也许是无法忍受,也许是我不应该忍受。我坐着看完了剩下的电影,但当我沿着苏豪区幽暗的鹅卵石街道慢慢走回家,走向我在果园街的公寓时,我发现自己想到了母亲,想到了简,想到了埃米莉,泪水顺着我的脸颊流了下来。"你应该看看。"

1996年,有一次我和母亲回到旧金山,回到我们常去的凡内斯的歌剧广场电影院,去看一部我们几乎一无所知的电影,只知道这是一部名为《公路杀机》(*Freeway*)的"黑色喜剧"。在影片的开头,瑞茜·威瑟斯彭饰演的落魄少女偷了一辆车,逃离了自己糟糕透顶的家庭。后来,她的车在加州一条高速公路上抛锚,基弗·萨瑟兰饰演的看似好心的雅皮士停车帮忙。在他的车里，二人进行了一次内容广泛的交谈，当他开始说想要强奸她的尸体时，情况急转直下。随后，女主角意识到他就是传说中的"5号公路杀手"，他打算让自己成为他的下一个受害者。

电影放映到这里，大约只过了十分钟，我就知道我们得收拾东西了。但当我们开始收拾东西时，电影又出现了新的转折。威瑟斯彭掏出男友的枪，控制住了局面。她问萨瑟兰是否相信耶稣基督是他个人的救世主，接着朝他的脖子开了几枪。然后，她吐了，偷走了他的车，把他扔在路边等死。

我觉得他并没有死，但老实说，我对后面的情节几乎没什么印象。我唯一记得的是，在黑暗的小剧场里，威瑟斯彭掏出枪之前的那一刻，就在我们站起来准备离开之前，我母亲凑过来悄悄对我说："再等一分钟吧，也许会有不一样的事情发生。"

美国禁忌

在庭审前的几个月,我收到了《解谜48小时》的第一封电子邮件,制作人称呼我为"尼尔森夫人",无意中让我想起了多年前我母亲曾有的一个身份,但这个身份转瞬即逝。制片人在邮件中说,他希望我能考虑与他们合作,因为他坚信"我的家庭那段抗争与希望的故事"与他们的观众切身相关。

这句话让我思考了一段时间。我不知道他是否把我们家想象成那种穿着印有简照片和"我们永远不忘"标语T恤衫的家庭,就像我在电视节目中看到的一些家庭那样。我不知道他是否读过2004年12月《底特律自由报》上的一篇文章,在这篇文章中,我的外公将简的案件重审比作"揭开伤疤"。1月的听证会后,希勒问我外公对迄今为止的法庭诉讼有何看法,我外公说他觉得"很无聊",如果制片人知道的话,我不知道他会怎么想。

我同意和制片人在曼哈顿上西区的一家餐厅共进晚餐。

*

在我们见面的前一天晚上,我熬夜浏览了《解谜48小时》的网站。我了解到,《48小时》曾经专注于报道具有不同社会意义的"人情趣味"故事,比如国际性交易、"地铁饮食"的利弊、胃绕道手术的风险。但随着新闻调查类节目的收视率直线下降,真实犯罪类节目的收视率开始飙升,《48小时》变成了《解谜48小时》。有时，他们试图在"谋杀推理"的范围内探讨更深层次的话题。例如，最近一档节目的调查话题是"谁杀了耶稣？"，还邀请到了宗教史学家伊莱恩·佩格斯。

当我向下滚动一长串节目标题时，我感觉自己的情绪开始低落。有许多关于失踪或被谋杀的女孩和女性的故事，标题耸人听闻，比如"莎布丽娜宝宝在哪里？""莫莉在哪里？""马奇太太在哪里？"。另一些则以备受瞩目的案件为主题，如"儿童选美皇后琼贝妮特谋杀案：DNA排除了父母嫌疑""安布尔还爱着斯科特吗？她的父亲说她从未忘记他"。还有一些则追求更诗意的效果："安逸社区的黑暗面：迈克尔·布拉格谋杀了他的妻子和女儿吗？"。我试着想象他们会为简的节目选择什么样的标题，但我实在想不出来。

我在百老汇的一个街角见到了这位制片

人，他正和几个大学同学在餐厅外聊天，他们都是几年前刚毕业的大学生。我很惊讶，我还以为自己会和一个油嘴滑舌的上流人士、一位电视界的老手共进晚餐呢。显然，他也和我同样惊讶：当我们坐下来时，他告诉我，我看起来太年轻了，不像个教授，而且他对我没有结婚感到惊讶。我不知道他为什么会觉得我已婚。

我们晚上见面很早，因为他明天一早就要飞往洛杉矶，报道迈克尔·杰克逊猥亵儿童案的审理。我对杰克逊的受审不是很感兴趣，但我还是试着聊了聊其他著名的案件审理。我提起死刑犯加里·吉尔摩，还有作家诺曼·梅勒的真实犯罪小说《刽子手之歌》（*The Executioner's Song*）；他说没听说过诺曼·梅勒，但说一定会去查查。他为我们点了一瓶长相思白葡萄酒，但酒送来后他一脸困惑。他耸耸肩说："我以为我点的是红葡萄酒呢。"

喝着酒,他问我,在写《简》的时候,我是否觉得自己仿佛在和我的姨妈交流。我说没有。他看起来很失望。我试着解释《简》关于认同,而不是融合。我甚至都不认识她。在这本书里,我并没有试图为她说话,而是通过她的日记让她为自己发声。虽然我试着想象她的死亡,但我真的无从知晓她经历了什么。不仅因为我不知道她被害当晚发生了什么,还因为没有人真正知道成为别人是什么感觉。没有一个活人能告诉别人死亡是什么感觉。我们只能独自面对死亡。

我们的主菜端上来了,摆盘时髦的鲅鳒鱼肉。他话锋一转,说现在是"强行推销"的时候了。他说,虽然《解谜48小时》力求娱乐性,但它始终关注严肃的社会问题。当我问他这次的社会问题是什么时,他说这一期的主题是悲伤。关于帮助他人哀悼。他说,我们家的参与真的能帮助到其他处于类似情况的人。

我想到,所有那些以为自己家人被著名连环杀手夺走生命的观众,在三十六年后却被告知,犯罪现场的DNA与一名退休护士和一名当时年仅四岁、长大后杀害了自己母亲的男子相吻合。

我没有表现出我希望表现的那么和蔼亲切,我问他,为什么年轻貌美的中上阶层白人女孩离奇暴死的故事比其他故事更能帮助人们哀悼,其中是否有什么原因。

"我以为可能会带来这种结果。"他善意而又警惕地说道,重新叠好大腿上的餐巾。

晚饭后,我们一起沿着百老汇大街走了几个街区,路过一家巨大的巴诺书店,店内灯火通明,现在纽约的许多街角都有这种书店。他心血来潮,说他要进去找找我告诉他的那本梅勒的书,他要在明早飞往加州的飞机上读一读。我说:"这是个好主意。"但没有提到这本书有1056页。他招手让我进店，说我想要什么他都可以给我买，反正用他哥伦比亚广播公司的账户买单。

我知道自己应该拒绝。但是，一种"你在利用我，我为什么不能利用你"的邪恶感觉已经生根。

我们各自浏览了一会儿，然后在收银台前再次集合。我手里拿着犯罪小说作家詹姆斯·艾尔罗伊于1996年出版的"犯罪回忆录"《我心中的阴影》(*My Dark Places*)。

《我心中的阴影》是一本邪恶却引人入胜的书，讲述1958年作者母亲的谋杀案，以及他随后对遭受活体解剖的女性的性痴迷和文学痴迷。过去几年里，我在写《简》的时候，曾在不同的书店里偷偷浏览过这本书，但一直觉得不好意思买给自己看。这本书似乎是今晚的最完美纪念品。

临别时，制片人递给我一盘他节目的样

带，我把它放进巴诺书店的塑料购物袋里。

第二天一早，我坐火车回到康涅狄格，把购物袋塞进梳妆台下，仿佛要忘记一段我宁愿从未发生过的一夜情。购物袋在那里放了一个多月。当我终于把它拿出来的时候，我把书和录像带叠在一起，放在"如家客房"的书桌上，它们在那里又放了几个星期，我都没有动过。

录像带上的标签写着："美国禁忌：谁在汤加杀害了美丽的和平队志愿者"。

终于，一天夜里，我从壁橱里拉出电视，蜷缩在沙发上，把《美国禁忌》放进了录像机。

节目以一张照片开场，照片中一位美艳动人的黑发女子正在顽皮地咀嚼着一根长长的草，颇有色情意味。然后，以这位名叫黛博拉·加德纳的女性为题材写作的真实犯罪作家出现在山峦背景中，并解释了他为何对她着迷。他说，原因与她的美貌和1976年她被杀害的恐怖有关。然后他引用了埃德加·爱伦·坡的话，他曾说，一个美丽女人的死亡，无疑是世界上最有诗意的话题。

我大吃一惊：我在《简》中也引用了坡的这句话。

接下来，节目在加德纳更多可爱的照片和她位于汤加的小屋血迹斑斑的照片之间来回切换。在汤加的小屋里，一名和平队志愿者同伴刺了她二十二刀（后来汤加法院认定其精神错乱而判处无罪）。镜头围绕着她的小屋旋转，重现了她被杀害的过程，先是从疯狂的凶手的视角，然后是从惊慌失措、奄奄一息的加德纳的视角，她绝望地抗争着。在几帧定格画面中，那把锯齿状的长猎刀显然是用来行凶的。

我无法看完《美国禁忌》。我又试过几次，但每次都是以睡着而终，或者绝望地关掉电视机。

有关简的节目将于2005年感恩节周末播出，名为《致命搭车》。尽管我和母亲显然会在节目中出镜，但我也不会看。人们会向我保证，我们为这一题材和简的人生带来了尊严和深度，我会很高兴。这就是我们参与的意义所在，因为不管有没有我们，他们都要拍这期节目。但我不愿看到犯罪现场的照片在电视上一遍又一遍地闪过，看到简在血迹斑斑的雨衣下的尸体，也不愿想到数百万美国人在与他们的姻亲家人一起浏览电视频道时，他们还没睡，肚子里的感恩节大餐还没消化完。

我花了更长的时间才翻开艾尔罗伊的回忆录，但我还是一口气读完了。与《美国禁忌》一样，书中也有一些令人不安的相似之处。

艾尔罗伊十岁时，他的母亲去世。整整三十六年后，他决定调查并撰写这起被压抑已久的谋杀案。最终，他与洛杉矶警察局的一名凶杀案警察合作，重审了母亲的案件。

艾尔罗伊受到了谋杀心理的折磨，但他是因其兴奋不已。名为"心中的阴影"的幻想，那几乎让他精神错乱的幻想，其内容就是与他残缺不全的母亲做爱。"她被切除的乳头让我兴奋震颤。"

尽管艾尔罗伊为此案付出了大量心血，但他母亲的谋杀案仍然悬而未决；在书末，他提供了一个电话号码，供读者提供线索。他在最后一页向死去的母亲承诺："我了解的会更多，你走了，而我还想再见到你。"

这是一个令人失望的结局。并不是因为案件没有侦破，而是因为艾尔罗伊似乎从未意识到他的企图是徒劳的。相反，他那"了解的会更多"的冲动却以越来越快的速度摧毁了这种徒劳。他知道，关于母亲生死的任何信息都无法让她复活，但不知何故，他似乎并不真正明白这一点。

我也不明白。

我从未有过让简复活的愿望或需要，我甚至都不认识她。虽然她的谋杀案悬而未决的状态可能曾经困扰过我，但现在有一个人已经因此被捕，且被关押不得保释，他很快就要接受审判。然而，每天在教师会议上或在交通信号灯前停下来时，我都会发现自己在潦草罗列着进一步探究的潜在途径。我应该去监狱探望莱特曼吗？采访他的家人？找到约翰·鲁埃拉斯？再花些时间和施罗德在一起？究竟是为了什么？

传统观点认为，我们挖掘家族故事，是为了更多地了解自己，追求"自我了解"这一最重要的目标，像俄狄浦斯一样，循着揭示某种原罪、某种原始真理的道路前进。后来，我们羞愧地挖出自己的双眼，尖叫着跑进荒野，随后瘟疫不再雨点般降临到我们的人民身上。

很少有人谈及，当这条路开始消失，当

这条路开始变得与森林难以区分时，会发生什么。

照片3：

简的头骨左下方的伤口特写。她的浓密头发被血染红，血发拨到了一边，露出了伤口，如同在动物皮毛中分离出蜱虫。伤口周围有一层鲜红色的剥落皮肤，法医称之为"挫伤圈"。伤口的直径非常小，毕竟.22并非大口径枪支。

法医的激光笔发出的一束白光在伤口内和周围跳动了近二十分钟。起初，我觉得这个皱巴巴的洞看起来像海胆。然后我觉得它看起来像肛门。挥之不去的特写近景让我想做一些反常的事情，我想站起来开始唱歌。我想象着法庭突然变成了一场音乐闹剧，一场我想命名为"伤口绕圈"的自助式恶搞。

又见谋杀心理

横跨2004到2005年的冬天,康涅狄格州中心镇当地最大的新闻就是获罪的连环杀手迈克尔·罗斯即将被执行死刑。行刑地点就在几个城镇之外,这将是新英格兰地区自1960年以来首次执行死刑。

罗斯的疯狂杀戮行为与"密歇根谋杀案"有许多相似之处。他从1981年开始在康奈尔大学校园内作案,在接下来的三年里杀害了八名女孩和年轻女性;约翰·柯林斯曾是东密歇根大学的学生,据称他杀害的许多女孩都是东密歇根大学或密歇根大学的学生。然而,与至今仍在狱中坚称自己无罪的柯林斯不同，罗斯认罪了。同样与柯林斯不同的是，罗斯是在有死刑判决的州被定罪的。1987年，罗斯被判处注射死刑。

在接下来的十八年死囚生涯中，罗斯曾多次提出上诉，要求对自己进行阉割，要求重新审理，要求执行死刑。但随着2005年1月行刑日期的临近，他拒绝再提出任何上诉。在一次又一次的法庭审理中，他和律师坚称自己精神正常，知道自己当时在做什么。就像他之前的死刑犯加里·吉尔摩一样，罗斯也是在奋力求死。"我不要墓碑，不要任何能让人想起我的东西……我只想被遗忘。"他在监禁期间自己精心搭建的网站上发布的一篇采访中说道。

在同一个网站上，罗斯描述了自己的精神状态。临床上（广义上）可将其归类为"性施虐癖"。他的描述如下。

我想,最简单的解释就是,每个人的脑子里都有一段旋律,比如他们在收音机里听到的旋律什么的。那旋律总是一遍又一遍地重复播放……我就有这么一段旋律,而且无论你如何努力想摆脱那段旋律,它依然存在。这玩意儿会把你逼疯。但如果你现在把这旋律替换成强奸、谋杀和侮辱女性的想法……

这段描述让我心惊肉跳。这段对谋杀心理的描述堪称绝佳。

2005年1月23日,也就是罗斯周三行刑日期的前一个周日,《哈特福德新闻报》上刊登了大量有关罗斯的新闻。我透过主街上一个破裂斑驳的报箱看到了头版,报箱位于一家甜甜圈店门前,那里是镇上许多流浪汉获知新闻的渠道。这家甜甜圈店毗邻当地影院,影院正在上映恐怖电影《电锯惊魂》(*Saw*)。海报上有一条女人血淋淋的断腿,旁边还有一句宣传语:"为了活命,你愿意流多少血?"

我进去换了零钱,用一把硬币买下了那版报纸,然后坐在柜台前看了起来。

头版刊登有四个女孩和年轻女性的大幅彩色照片,照片下面写着这样的文字。

> 这些(被害人)被一名男子抓走,他先是和她们闲聊,然后强迫她们上了他的车或进入树林。他承认强奸了除一人以外的所有人。强奸后,他强迫她们翻身趴下。然后他会跨坐在她们身上,从后面将其勒死。

我很熟悉这类文章。几年前,为了简,我整个漫长而闷热的夏天都在纽约公共图书馆的地下室里从缩微胶卷中打印出几十篇这类文章。我翻阅了一卷又一卷的《底特律新闻》胶卷，眼睛紧盯着那一排死去女孩的照片。我总是会停在婚礼版上，然后才意识到自己的错误："那些女孩不是死了，只是结婚了。"

《底特律新闻》和《哈特福德新闻报》的文章虽然相隔三十多年，内容却大同小异。二者都将"她有太多的理由活下去"的感伤情绪与对每个女孩所遭受暴力的近乎色情的描述并列。主要区别在于，二十世纪六十年代的文章使用了更为保守的词汇，例如"受侵犯""男女同校生"[1]等，而且这些文章夹在关于越南战争而非伊拉克战争的文章中间。

如何衡量八位年轻女性的损失？我们无从知晓她们可能会如何度过一生，她们可能会从事何种职业，她们可能会爱上谁，她们可能会有什么样的子女。

---

[1] 美国的大学最初仅接纳男性就读，后来允许女性入学后，便称呼女性学生为"男女同校生"（co-ed），本质上带有性别歧视色彩。

我知道我应该关心这些问题。尤其是作为《简》的作者,我在这本书中对简的生平比对她的死更加关注。但不知何故,这些问题瞬间让我不想继续读下去了。如何衡量失去亲人的损失?衡量是悲伤的必要部分吗?这里将一个生命的未来前景想象为一系列的职业选择和生儿育女的可能性,如果其未来前景看起来并不光明,那么这个生命就不那么令人悲痛了吗?她们可能会爱上的人,这倒是一个不错的联系。但她们曾经爱过的人呢?或者,如果她们没有爱过任何人,或者没有人爱过她们呢?

更重要的是,我知道这些悲痛的数字,以及罗斯实施强奸和谋杀的残忍细节,能做的不仅仅是让人落泪或让报纸大卖。它还为康涅狄格乃至整个新英格兰地区沉寂已久的死刑判决争取了支持。"评论"部分照旧重复罗斯最令人发指的罪行,然后立即提醒读者:"本州和全国绝大多数人继续支持对某些类型的谋杀

（此类谋杀）判处死刑。"

因此，尽管"2005年暴风雪"刚刚在康涅狄格地区降下了超过六十厘米厚的积雪，还带来了零摄氏度以下的气温和飓风级别的阵风，我还是计划参加在康涅狄格州萨默斯的奥斯本教养院举行的通宵抗议游行和守夜活动，罗斯将在那里于深夜被处决。

抗议活动的主要组织者建立了一个虽然令人生畏却很有帮助的信息网站，上面列出了人们预防或治疗体温过低的所有方法。我的一位坚定的激进主义大学同事答应无论如何都要和我一起去，而另一位同事则求我不要去，坚持说我的出现不会影响事情的发展，我在那里只会冻死。我试图向她解释，你去守夜并不是为了阻止某项行动。你去是为了见证政府想在完全的黑暗中做的事情。如果你的家庭因暴力行为而失去了亲人，你就应该大声疾呼，这样死刑判决的倡导者就不能继续依赖被害人家属的愤怒和悲痛作为其倡议的依据。我告诉她，我认为反暴力活动家是菩萨，是"勇士上师"，按照佛教书籍的说法，他们不是杀戮和带来伤害的战士，而是不好斗的勇士，他们聆听世界的呼喊，是甘愿在烈火中锤炼的众生……是为了减轻痛苦而进入逆境（的众生）。

在我教书的大学里，一位伦理学家借给我一本名为《什么是正义？》（*What Is Justice?*）的入门书，我在其中看到了一篇文章，标题很吓人，叫作"报应的道德价值"。文章的作者有不同的看法。

> 我个人认为，（将关注从受害者转移到罪犯）之所以会发生，在很大程度上是因为我们不愿意面对自己对所做之事的反感。这使我们能够对另一个人主动引发的恐怖视而不见。我们几乎无法忍受这种景象。……通过压抑对不法侵害的愤怒，我

们可能试图否认我们生活的社会中确实存在着胆怯与残忍之人。

当然,我并没有不愿意面对自己的反感。有时,我觉得自己似乎一直就在这么做。但我是在"压抑对不法侵害的愤怒"吗?我是在否认"我们生活的社会中确实存在胆怯和残忍之人"这一事实吗?不否认这样的事实又意味着什么?

罗斯的死刑没有在那个冬天执行。一名联邦法官威胁要吊销罗斯的律师执业资格,理由是他对其当事人的求死意愿质疑不足,律师随后要求就罗斯的行为能力重新举行听证会。行刑被无限期推迟。

下地狱或半身照

中心镇漫长而凄凉的冬天终于让位于春天,我和母亲都在犹豫是否要参加莱特曼的夏季审理。出庭费用高昂,需要取消数周的工作,或多或少会以难以预料的方式造成创伤。州政府提出让我们住在汽车旅馆的单人间里,而在谋杀案审理期间与母亲在汽车旅馆房间同住一个月,这想法听起来就像是参加恐怖真人秀节目。更糟糕的是,我脑海中瞬间闪过法国电影《钢琴教师》(*La pianiste*)中的恐怖场景:伊莎贝尔·于佩尔饰演的角色每晚都和母亲睡在一张床上,她突然袭击母亲,让人分不清她是想强奸她还是想杀死她,抑或两者兼而有之。

但是,这种见证的念头,这种试图让自己近乎成为走向火海的高贵勇士的念头,在我心中根深蒂固。简的母亲,也就是我的外婆,很多年前就去世了,简的父亲和弟弟都不想每天出庭。埃米莉现在重新加入了我们的行列,搬回了旧金山湾区,她也想去,但无法推开工作。很显然,如果我和母亲不去,为简的家人预留的前排座位就会空着。这显然不对。

于是,我们决定一起出席。母亲从加州飞过来,我从康涅狄格州开车过来,这样我们就不用支付租车费用了。最后,她的表妹吉尔住在离法院不远的地方,吉尔会慷慨地主动提出和她的男友同住一个月,把自己的房子让给我们,这样我们就不用住汽车旅馆了。埃米莉说她会尽量飞过来参加审判。

2005年7月10日清晨六点,在挑选陪审员的前夕,当我上车准备驱车十二个小时从中心镇前往密歇根时,这个计划似乎出错了。简单地说,在此期间,我的心爬上了细密的裂痕。冬去春来,春去夏至,我发现自己正在失去心爱的人。我正在从一段故事中跌落,一段我非常渴望的爱情故事,或者说早已跌落。也许是太过渴望了。失去的痛苦让我发狂。

从一个故事中跌落让人痛苦。但比起失去一个真实的人,失去构成这个人的所有明亮细节,这根本算不上什么。所有闪烁着光芒的片段,构成了一段恋情,或一段爱情。如果曾经有过背叛,你可能会发现自己将这些碎片一一举起,对着新的光线旋转,看着每块碎片长出令人不快的影子。我发现自己就在那里。

五月,我为《简》在美国南方各地巡回签售,回到东海岸后兴奋地想见他。当他不接听我的电话时,我怀疑自己是否搞错了他的工作日程,因为他的工作实在是太忙了,而且时间跨度极大。在一阵夹杂着不祥预感和羞愧的不安中，我在谷歌输入了他的名字和日期。在点击"搜索"之前，我就讨厌自己这么做了。

立即蹦出来了一篇博客，说刚刚在一个活动上看到这个人和他的女朋友在一起，而他的女朋友显然是个电影明星。博主热烈地说："她本人要小巧美丽得多，而且非常接地气。"

当时，这对我来说是个新闻。不过，对网络空间里的任何人来说，这都不是新闻，更不用说"现实"世界里的人了。很快我就会发现，甚至对我的一些好朋友来说，这也不算什么新闻。

两年前，在我和相恋多年的男友搬进我们的第一套公寓整整九天后，我遇到了这个男人。我从来没有和别人同居过，我感到非常恐惧，以至于在开始搬家的时候，我确信我们即将同居的漏风顶楼公寓里充满了有毒的灰尘，会要了我的命。这倒不算是完全疯狂的行为，公寓坐落于布鲁克林的郭瓦努斯运河边，那是一条臭名昭著的污水道，据说携带着肝炎病毒活株。公寓是工厂建筑，不是合法的居住区，隔壁有一排油罐车，不断冒出浓浓的黑烟，打开行李不到一周，我所有的书和盘子上都沾满了烟尘。搬进来后，我男朋友的猫患上了多发性囊肿，躲在橱柜顶上；我的猫整夜嚎叫，不停在我男朋友最珍贵的物品上撒尿。我们俩很快就患上了肺部疾病，我们称之为"运河咳嗽"，每当风向改变，附近水泥厂的颗粒物向我们飘来时，症状就会表现出来。夜里死一般寂静，只要出了一点声音，你就知道麻烦来了。郭瓦努斯是运河的尽头，一个多世纪以来一直是妓女和嫖客的聚集地，他们就像苔藓人一样从诡异的河岸中爬出来，这里也是臭名昭著的抛尸地、垃圾场和废弃汽车停放处。如果正在追捕的嫌疑人跳入运河逃跑，警察会乐开花的，因为不出几天，他就会因河水中毒而被送进医院。

如同《圣经》中的挪亚，我在这间公寓里待了四十一天。我男朋友说，我的离开很残忍。但比残忍更残忍的，是从残忍中获得快感。我同意，但我觉得自己别无选择。我猝不及防地爱上了另一个男人，那种爱会让你之前所做的一切瞬间变得站不住脚。这种爱就像一列脱轨的火车，你所能做的就是后退，等着它被撞毁，然后在残骸中踉踉跄跄地走来走去，茫然得不清楚该责怪谁，不知道原因是什么。

在郭瓦努斯公寓的最后一夜，我的男朋友问我是否可以在我们做爱时用丝袜勒住我的脖子。我同意了，我甚至自己从抽屉里拿出了丝袜。我一直对窒息有一种情欲上的偏好。高潮来临前的一小会儿无法呼吸的感觉很好，这样等高潮终于来临并同时开始呼吸，你会获得惊人的快感：世界在色彩、快感和呼吸的洪流中涌回你的身边。

我不知道那天早些时候他看了我的日记，发现我爱上了别人，发现我和别人做爱了。我只是告诉他我要离开。我们做爱时，我突然怀疑他知道的比我告诉他的要多。当时我惊讶地说："简就是这样死的。"他不慌不忙地回应："我知道。"这就让我起了疑心。

多年以前，我曾有过一个电焊工情人。作为礼物，他曾为我焊接了一件我拥有过的最美丽的物品。那是一个巴掌大的有机玻璃盒子，里面封着几层蓝绿色的碎玻璃。他向我解释说，这个盒子就是爱情。它是一个容器，可以容纳所有的破碎，并使之变得美丽。尤其是当你把它拿起来对着光的时候。

这就是我想要的爱情。

我希望我能说出，我离开公寓是因为我爱上的那个男人。我会这么说的，但那是另一个故事了。我有希望,一种执着、迷信的希望,这种希望支撑了我们接下来两年的恋情。直至看到那篇关于电影明星的博客。

但如果我是诚实的,或者说如果我至少意外触及了我诚实的极限,我就不得不承认,从爱情开始的那一刻起,我就清楚地知道这段爱情会如何结束。在可能发生之前,失去就已经是可能的了。也许在可能之前,它就已经存在了。不然,我为什么要在谷歌搜索他的名字,成为一个我自己鄙视的人?故事的结局从一开始就很清楚。我只是不在乎。恋爱中的人很少会在乎。和大多数恋爱中的人一样,或者说和大多数恋爱中的作家一样,我以为如果我能继续正确地表述爱情,如果我能继续找到合适的词语来表达爱情,也许我能改变爱情。

然而,我当然不是爱情的唯一作者。

在我去参加审理的前几天,我去科德角探

望一位朋友和他的妻子,希望自己能开始吃东西,感受到人性,振作起来。整个拜访过程中,我都在无法自控地流泪。第四天夜里,听到我在客房里啜泣,朋友的妻子可怜我,蹑手蹑脚地走进我的房间,默默地递给我一把安眠药。第二天,我差点儿晕倒在沙滩上,朋友不耐烦地对我怒道:"你不能只靠香烟和痛苦活着,明白吗?"

我有一种不好的感觉,我的朋友们越来越厌烦我了。我对自己也越来越厌烦。

我也开始痛苦地意识到,我不是,也从未成为过"勇士上师"。还差得远呢。我希望的不是在审理时减轻母亲的痛苦,在火海中锤炼,或为简做任何高尚的见证,现在我只希望自己能活下去。

因为在此期间的某个时刻,硬币翻面了。谋杀心理横行肆虐的大脑被自杀心理占据。我看着它发生,就好像它发生在另一个人的大脑中。

佛家建议，保持好奇心。我试过了。

我怀着兴趣和恐慌看着自己的自杀心理，试着将其想象成一场忽动忽停的幻灯片放映，一场在我眼睛后方播放的恐怖电影，我可以继续看下去，也可以随时走出来。（去哪里，我说不好。）

多年前，唯一一个和我长时间讨论过自杀心理的人是我的瘾君子男友。或者说，我们讨论过他的自杀心理，就我所知，他的自杀心理最像一幅透景画。他的意念总是包含着各种无序发生的场景。门突然打开，嘴巴张得大大的，空气中荡漾着震惊的涟漪，一波又一波的伤害袭来——不是尾声，而是重奏，是唱片中的跳音，是无论播放多少次都无法弥补的划痕。歌声依旧。对他来说，最经常出现的两个场景，一个是在纽约斯塔登岛的维多利亚式公寓里，他的身体被一根绳子吊在卧室中央，港口的雪从敞开的窗户吹进来；另一个是他吸毒过量后，身体瘫倒在书桌上，他的"作品"就在他身旁，其中包括他未完成的伟大小说《甲状腺肿》，这是一部关于他母亲疯癫和甲状腺肿的詹姆斯·乔伊斯式作品，几乎没有虚构成分。有关他母亲的疯癫和甲状腺肿，据我亲身观察，堪称恐怖。

这些混杂的场景对我毫无吸引力。它们似乎依赖于受创伤的观察者，这种依赖在我看来是软弱的，带有虐待癖意味。从各方面看来，是蕴含在戏剧性中的自恋，还有点愚蠢。

曾经或者说现在，在我的自杀心理中，没有之前和之后，没有突然打开的门，没有对他人造成的痛苦，矛盾的是，也没有对自己造成的痛苦。只有一个动作——一个无法改变、不可逆转的动作，把我的身体（干净利落地）从时间和思想中挣脱出来。

当我准备出发去参加庭审时,我有时会觉得,这种失去的痛苦仿佛把我带入一种启蒙,即通过这种痛苦,我终于领悟,我们的思想,我们的情感,我们的整个生命,本质上都是一种幻觉,是一个漫长、丰富、多样的梦,我们的死亡将我们从中唤醒。

"凡想保全生命的,必丧掉生命。凡丧掉生命的,必救活生命。"[①] 又是一句红色部分。

这种思路似乎比另一种选择更可取:我正陷入一种支离破碎、伤心欲绝的迷雾之中,任何当代西方精神科医生都会急于对我进行药物治疗。

温尼科特写道:"只有当病人达到最初的崩溃状态时,治愈才会到来。"到来,而不是接近:一个关键的区别。我不知道别人是怎么

---

① 《新约·路加福音》第17章第33节。

做到的。

我知道的是（当然，在此我只代表自己）：没有什么救世思想（"想想你＿＿＿＿的感受、珍惜你的祝福、明天又是新的一天"等）最终可以维持下去，没有什么诗句、圣书、热线电话，只有一层最薄的膜，一段低声秘语的教义：人是囚犯，无权开门逃跑。

这是一个我不太理解的巨大谜团，苏格拉底在谈到这段教义时说，不久之后，他喝下了那杯会致其死亡的毒芹汁。这件事发生后两千年，学者们仍在争论他的行为是否可以或应该被定义为自杀。

在安阿伯的这一个月里，我每天早上都会在母亲醒来之前，在黄色信笺薄上给我爱的那个人写信，告诉他我有多么想念他，我的身体有多么想念他。我会告诉他关于审理的一切，他曾说过他会陪我一起去。我会详细描述每一张尸检照片,坚信只有他才能理解这些照片的沉重和恐怖。我不会寄出这些信。尽管我已经告诉他,只要我活着,就再也不想听到他的消息,但我每天夜里都会在吉尔的电脑上查看电子邮件,以防他写信给我。

他确实写过一次信。他说我们的分离并没有给他带来快乐,但他觉得这是这段"踏入光明"旅程的重要部分。我不知道他说的是什么旅程、什么光明。我从未感到如此失落,从未感到如此黑暗。也许他说的是他的旅程,他的光明。我渐渐发现,我们不再拥有相同的经历。

每天早上开庭前和每天晚上休庭后,我都会洗很久的淋浴,因为浴室是我唯一保有隐私的地方。在浴室里,我会跪在地上哭泣,任凭水流冲刷我的身体,祈求自己好起来,祈求不要再伤害自己,因为我已经很受伤了,祈求这段失去的经历,这段时间,会像一场黑暗的风暴掠过大平原那般，席卷我，掠过我。那片大平原，本质上就是我的灵魂。我的灵魂既不光明也不黑暗，既不完全孤独也不完全与他人同在，当然也不与上帝同在，只是平坦、开放、不朽、自由。在瓷砖地上蜷成一团时，我会听到自己说："我体内的某些东西正在死去。"我都不知道我在对谁说话。

照片4：

简再次躺在轮床上，轮床的金属光泽映在她的颈部和脸部。这是一张正面照片，从胸骨往上，下巴下方只有一把红色尺子，好像是比例尺。仿佛她是一个不可能存在的小矮人，或是来自与人类身材不同的星球的访客，而不是躺在轮床上的女尸。她的五官看起来杂乱无章，与其说是一张脸，不如说是拼图，下巴下面的红尺只是整理她肉体的徒劳企图。她闭着眼睛，眼睛上方从眼睑到眉毛的区域呈亮蓝色。看起来像浓重的眼影，但法医解释说，蓝色是皮肤下聚集的血液。颜色之所以如此浓重，是因为我们身体这个部位的皮肤和面巾纸一样薄。

除了诡异的蓝色光泽、凝固的血液和红色尺子之外，照片里的简看起来就像我的母亲。特别是她的鼻孔，看起来和母亲的一样——同样的两颗细长西瓜子。简的结局也可能是我母亲的命运，就像她多年来担忧的那样，但也可能是任何人的命运。

我曾经好奇，他们怎么知道简在被勒死之前就中枪了。现在我知道了。这与两种不同的蓝色有关。如果她死于窒息，她的整张脸都会呈现蓝色，法医称这种颜色"错不了"。但照片里唯一的蓝色，是她眼睛上方的蓝血。如果她是先被勒死的，那么丝袜就会起到止血带的作用，血液就无法流到她的脸部。法医解释说，子弹射入简头骨的力量导致她的眶骨（我们眼睛所在的骨腔）骨折，而蓝色就是伤处周围涌出的全部血液。

这张照片可能是所有照片中最糟糕的一张，我不确定。这取决于最糟糕的定义。这张照片显示了身体在濒临死亡时仍在急着自我愈伤。

锡巴里斯

在密歇根见面之前,我和母亲曾说服对方,我们在安阿伯的时光或许是一种修养。她想象着一个月不上班,有大把的时间思考和阅读,清晨散步,做做安静的晚餐,也许最后还能尝试一下她一直梦想的写作计划。我想象着在这一个月里,我可以远离心中痛楚,或者至少分散注意力,在当地找一个游泳池游泳,还有戒烟,尤其是为了逃避母亲的责备。

第一天的陪审员挑选结束后,我们意识到自己大错特错。每天庭审结束后,我们都会沿着主街跟跟跄跄地回家,感觉就像被木板狠狠地砸了一下。每天晚上都会热得无法做饭或睡觉。我们每天早上七点前必须出发去法院,晚上六点后才能回家,所以我们几乎一直在一起。互相"腾出空间"是指我们错开一个街区步行往返法院,或者各自上床睡觉。

"让我解释一下,"在陪审员资格审查中,第一名被询问的潜在陪审员说。他是意大利裔,大约六十岁,皮肤黝黑,穿着勃肯凉鞋,秃头,只扎了个古怪的马尾辫。"我是一名艺术家。我有一颗艺术家的心,一个艺术家的灵魂。这意味着,在我的世界里,没有罪犯。在我的世界里,没有犯罪。在我的世界里,一切都很美好。"他安详地闭上双眼,指着想象中的平原。

法官看起来很烦躁:"如果被选中参加陪审团,你能暂时和我们一起生活在这个世界上吗?"

艺术家摇了摇头:"对不起,我不能。我不能生活在你们的世界里。"

我发现自己不但没有戒烟,我母亲反而想和我一起抽烟。她抱怨我的烟太烈,于是我开始给她买超淡味香烟,并把过滤嘴掰下来给自己抽。如果我要抽烟,我可不想抽得那么费劲。

在这段时间里,主街上有个"安阿伯艺术节"夏季街头集市。我和母亲在来之前就听说过这个集市,觉得它可能会给我们带来一些放松,甚至是一些乐趣。现在,每天傍晚从阴森的法院出来,来到聚集着玉米热狗摊、糟糕风景画和釉面陶器的热门地段,熙熙攘攘,热闹欢快,让我们觉得自己被困在了费里尼的电影里。

*

在陪审员资格审查中，法官要求所有潜在陪审员宣誓，即使他们经常观看《犯罪现场调查》（*CSI*）、《法律与秩序》（*Law & Order*）、《悬案档案》（*Cold Case Files*）或任何其他以法医学和刑事司法为主题的电视节目，这些节目大概令人难以自拔，但他们也要将电视（乃至真人实境类节目）与现实本身之间的区别牢记在心。一位育有几个子女的潜在陪审员说，这对她来说不是问题，因为她主要看卡通频道。法官打趣说，看一下午卡通频道所获得的有关刑事司法制度的信息不亚于一整季的《法律与秩序》。

陪审员一个接一个地庄严宣誓，保证自己有能力区分戏剧与现实、事实与虚构。我觉得这完全是虚情假意。不过话又说回来，谁会坐在陪审席上说:"说真的,法官大人,我承认,我已经分不清表象和现实了。我很抱歉。"

前三天的庭审中,我和母亲来到法院,发现自己被一群身材魁梧的老男人包围了。等待为我们的案件作证的退休警察、警探、救护车司机和法医挤满了走廊,他们拄着拐杖慢慢走动,互相拍着后背打招呼,好像高中同学聚会一样。散发着褪色的父权威严,他们的身体像是被硬塞进了便服里。他们中有些人脸上拖着中风的痕迹。许多人口齿不清,要么快要聋了,要么已经聋了。

1969年3月21日下午,运送简尸体的停尸房运尸车司机叹息道:"我真的听不清你在说什么。我只知道我像往常一样来到现场,把她装上车。"

整整三天,每天八小时,数十名证人,没

有女性。只有两名男性律师、一名男性法官、一名男性被告、一帮男性警探，还有一队男性退休人员在回忆他们与简的尸体的相关工作，他们在证人席上用小激光笔在简尸体的照片上勾画。南希·格罗被再次传唤，但她一直没有出现。她的医生提交了一份说明，称再次就此事作证的压力会对她的健康造成致命危险。作为替代，希勒向陪审团展示了她1月作证的数字视频。视频质量很差，格罗忽隐忽现，看起来比她本人还要痛苦。更令人不安的是，每当镜头转到家属的长椅时，我们一家人都会出现在这段视频中。我们看起来糟透了，面色苍白，惊魂未定，泪流满面，如同我们今天的镜像，只不过现在的人物变少了，我们也不再穿着过冬的衣服。

于是，格罗再次讲述了她的故事。同样的血迹斑斑的袋子，同样的也许是个假人，同样的便鞋和睡袍，同样的尖叫，同样的羞愧，而这一次，她那颗粒状的棕褐色身影看起来非常像《星球大战》中莱娅公主的全息图，她反复恳求："救救我，欧比旺·克诺比，你是我唯一的希望。"

我的母亲通常睡眠不佳。我在吉尔家上床睡觉后，就会听到她像幽灵一样在屋子里飘来飘去。夜晚情况好时，她会兴奋地用手机和她的新男友聊天；情况坏时，她会喝葡萄酒，直到喝光为止，然后到处翻找别的东西，任何东西。坐在黑暗的厨房里，喝着咖啡甜酒。

不过，与我的状态相比，与她的经历相比，她过得相当不错。几年前，在经历了二十多年的婚姻生活之后，她的那个油漆工丈夫，突然狠心地离开了她。他的离开，以及随后混乱的离婚诉讼，让她一头扎进了孤独和绝望之中。对人生中第一次孤单一人的焦虑极为强烈：比如，她几乎不能去食品商店，因为她觉得陌生人会因为她买单人份食物而同情她。

最初，我试着提供帮助，飞到加利福尼亚与她和她的离婚律师会面，从那些她因感到痛苦而无法进入的空间清理我继父的物品。但有一天下午，在应母亲的要求用消毒剂擦洗继父的步入式衣橱时，我失控了。我们曾经做过同样的事。二十年前，在我父亲去世几周后，我和母亲花了一下午的时间一起清理他的衣橱，准备卖掉他的房子。同样的纸箱，同样的气缸①。面对被遗弃时同样的缄默狂躁。只剩我们这些胆小鬼做伴了。

当时我之所以跟着去，是因为我怀疑自己可能想保留父亲的一些东西，而事实也确实如此。我还想表现得勇敢。不仅如此，我还想变得勇敢，虽然我不知道后果是什么。但是我的继父并没有死，他只是不辞而别了，我不想处

---

①指汽车引擎里的气缸。

理他的东西来报答他的善意。当然，我什么都不想要。

母亲越需要帮助，我就越帮不上忙。"难道你不知道我爱你胜过生命吗？"她这种惯常表达的爱意，在我听来都像是自杀威胁。每次回加州，我都会在回纽约的飞机上发誓，我再也不会踏入加州一步。我不再拜访，不再打电话。我让姐姐承担起这个重担。因为我住在家里的那些年，她大部分时间都不在，所以我告诉自己这次该轮到她了。

而且，她做得不错。多年来，埃米莉似乎发现了自己无限的耐心和同情心。在爱达荷州砍了两年木头后，她又上了大学，进入了美国大学优等生荣誉学会，毕业时获得了女性研究学位。她搬回旧金山，和相恋多年的女友买了一栋漂亮的小房子，开始为一系列非营利组织工作，例如生育计划组织、湾区劳工理事会。就好像她所有的愤怒和叛逆都被成年机器碾得粉碎，从机器另一边出来的则是政治信念、忠诚和善良。我因此更加羡慕她。多年来，我一直觉得自己是个孝顺的女儿，现在却觉得自己是个十足的浑蛋。显然，我错过了让不良行为显得光彩照人或富有传奇色彩的大好机会。当你长大成人，却表现得如此糟糕，你只会让人失望。

但是，再远的距离，再多的沉默，都无法减弱我在近五千公里外的东海岸对母亲的牵挂。我每天都能感觉到，我们就像栖息在一根长长的平衡木的两端。每天晚上，我知道我们各自都在为我们俩做晚饭，听着收音机，开始喝一瓶葡萄酒。我知道我们每个人都在想着对方，每个人都在克服我们共同的焦虑和悲伤，每个人都在或者说希望通过我们的教学、阅读和写作来支撑自己。

现在，我们回到了密歇根，日复一日地往返于法院，每人都带着本便笺簿。在整个庭审过程中,我们做了大量笔记,莱特曼的妻子索莉也是如此。我和母亲从未同索莉说过话,但我们都彬彬有礼地默默为对方敞开大门,也许我们默认了这样一个事实:我们都明白,对方在此的处境无异于另一个地狱。每天早上,我们三人都要把便笺簿送进法院的X光安检机,保安不知怎么得知我写了一本关于简的书,每天都用"作者"来向我打招呼。

我已经很多年没在便笺纸上写字了。但现在我记起来了,很多年前我就开始在父亲的黄色长条便笺纸上写字了。父母离婚后,父亲偶尔会在他必须上班的日子里和我与埃米莉待在一起,他会带着我们"去办公室"。那是一家位于旧金山市中心一幢辉煌摩天大楼顶端的律师事务所。到了那里,为了让我忙起来,他会给我一个便笺簿和一支笔。这样我就可以假装自己也在努力工作。我的工作是记下房间里发生的一切:我父亲忙碌地踱步,他打电话时疯狂的手势，律师同事的来访，埃米莉令人讨厌的行为，以及下方石板灰港口的景色。

一天的工作结束后，我会把便笺簿交给父亲过目。他觉得上面写的内容棒极了。在那个年代，人们会不假思索地让秘书去做一些非常不合适的工作，他便让秘书把这些内容打印出来，这样看起来更"正式"——一段很长的故事，分集讲述，名为《办公室一日》。

九岁左右时，我对报道文体的爱好变成了对录音机的痴迷，用它偷偷录下家人和朋友的谈话，大约持续了一年。那是在迷你设备时代（"iPod时代"）来临之前，我的录音机是个庞然大物，和便携式唱片机差不多大。我不得不用几条毯子或几件外套裹住它，使其"隐形"。

在这段时间，我最成功的秘密录音记录了父亲带我、我最好的朋友珍妮和埃米莉、她最好的朋友齐娜去溜冰场的一段对话。在录音的某一时刻,我们经过了一辆被警察拦下的汽车。我父亲说:"条子们今晚肯定都出来了。"在后座上,十一岁的齐娜警告说,一定要小心警察。她说最近听到一个故事,说有几个警察遇到一个女人正受到强奸,他们不但没有阻止,反而帮了忙。

齐娜继续说:"他们帮了强奸犯。"

"谁告诉你的?你的母亲?"我父亲问。齐娜的母亲是"杰斐逊飞机"乐队(当时还叫"杰斐逊星舰")的格蕾丝·斯利克。齐娜咯咯笑起来,然后哼了一声。

我父亲说:"我现在就能知道,在你父母的下一张专辑里会有一首《齐娜的哼哼》。"

齐娜又哼了一声。

这时我插嘴道:"爸爸,为什么女人不强奸男人?"他沉思道:"问得好,你觉得呢?"

"我认为女人没有激情。"我带着九岁小

孩的威严回答。

"这不是原因,玛吉,"埃米莉恼怒地说,"并不是因为她们没有激情。"

我父亲希望我成为作家。事实上,他希望我成为任何我想成为的人。凡是我感兴趣的东西,他都会剪下相关的文章放在我的枕头上,等我睡觉时发现。为了弥补离婚带来的痛苦,他让我和埃米莉在他的新房子里随心所欲地装饰我们的房间。我想要所有的东西都是彩虹图案。我的愿望达成。埃米莉想要一切都是紫色的,紫色的灯罩,紫色的地毯,紫色的床罩。她也得偿所愿。

我们和父亲在这座房子里的生活丰富多彩,享乐至上,但也短暂。光线从我卧室窗前那条金色绳子上悬挂的彩色玻璃彩虹中流过,洒出斑斓的彩虹。我买了一条彩虹条纹的背带裤,几乎总是穿在身上。他把冷冻速食通心粉和牛肉装在餐盘里,在烛光下端给我们。我每晚都会在客厅里为他表演即兴舞蹈,伴着他所收藏唱片的响亮音乐。汤姆·威兹,琼尼·米歇尔,哈里·尼尔森,鲍勃·迪伦。父亲在沙发上风度翩翩地看着这些表演,手里拿着一小杯杰克丹尼威士忌,有时会打瞌睡,但总是在我最后鞠躬致谢后大声鼓掌吹口哨。其他晚上,他会弹吉他唱歌,我则爬到他背上,像猴子一样抓着他。女人们来来去去,她们会跟我们一起乞求:"来吧,爸爸,咱们去吃冰激凌。"至少有两个叫凯蒂。还有两个玛莎,一个艾伦,一个维琪和两个温迪。圣诞节时,他给我们买了一箱又一箱的银色饰带来装饰圣诞树,因为我母亲禁止使用饰带。那年,他家的圣诞节就像一场饰带的狂欢。四周后,他就去世了。

离婚后,我母亲越来越喜欢简约风格的圣诞树:稀疏的树枝横向伸展,只用白灯、红色的假苹果和花格子蝴蝶结装饰。她还喜欢在圣诞树上挂一个红色的毛毡卷轴，上面贴着她新丈夫的黑白照片，这些照片是他在五十年代末蹒跚学步时拍的，当时他穿着粗花呢大衣，坐在圣诞老人的腿上，看起来和我眼中现在的他一样不好惹。她每次经过时都会说："他是不是很可爱？"每年圣诞节，继父都会把中文黄页①（我母亲看不懂）和空白录像带（录像带对她毫无用处）包起来，作为礼物送给我母亲，似乎是在提醒她，他讨厌过节，讨厌送礼物，也许在某种程度上还讨厌她（推而广之，讨厌我们），而且他每年都会以达达主义风格的发明精神来表现这些仇恨。

但也有过一次诡计：有一年，他在这堆包裹好的沃尔玛超市垃圾的下面放了一对真品珍珠耳环，所以在随后的几年里，我们的母亲从

---

①黄页指按企业性质和产品类别编排的工商企业电话号码簿。

来都不知道是否会有宝物降临。虽然一直没有，但她沉浸在揭开谜底前的紧张气氛中，而失望之情也溢于言表。

这样过了几年后，我母亲决定我们应该开始完全放弃圣诞节，改去墨西哥，我们连续几年都是这样做的。我记得继父只和我们去过一次墨西哥。我喜欢去墨西哥，白天爬陡峭的废墟，夜里和母亲在海边酒吧喝得烂醉，但这旅行总让我有不安的感觉，觉得我们是在逃亡，在逃离圣诞节之外的东西。

*

在法庭上，我和母亲很快就发现，在长椅上一坐就是八九个小时，我们的身体很受罪，所以在开庭第一周后，我们就把吉尔家门廊椅子上的坐垫剥下来带到法庭上。索莉也开始带坐垫。但坐垫的作用也十分有限。当我的一条腿和肩膀开始感到严重疼痛时,我告诉母亲,我可能要去城里的某个地方做按摩。

她说:"去吧。"但她个人认为按摩是锡巴里斯人的作风。

我不知道这个词是什么意思,所以对它和她都视而不见。

在庭审过程中,我尽量不看母亲在便笺簿上写下的内容,可我看的时候,发现我们的注意力都集中在相同的细节上。我开始怀疑这是否真的是她要讲述的故事,而我是否正在偷走这段故事,即使是现在。

几周后,回到康涅狄格,我查到了这个词。锡巴里斯人:专事享乐之人;沉溺酒色之徒。源于拉丁文Sybarita,意为意大利古城锡巴里斯的本地人,那里的古希腊居民以"声名狼藉的骄奢淫逸"而闻名。

显然,我母亲也觉得在吉尔家的卧室里开着空调睡觉太"锡巴里斯"了,她说这样对我不公平,因为我的小暖房里没有空调。然而,夜里睡觉非常不舒服,所以她最终做出了某种妥协:每天夜里她都开着空调,但窗户和门大开着。我试着说服她这一行为很愚蠢,但她态度坚决。第一周,我半夜起床,爬下过道对面的双人床,趁她熟睡时关上她的房门。我希望有更多的私人空间,而且我猜想,如果至少可以凉快一下,她会睡得更好。但很快我就厌倦了这种仪式。一天夜里,听着她辗转反侧的声音,还有空调发出的巨大而无用的嗡嗡声,我把被子从床上扯下来,拿到楼下,开始睡在沙发上。

伸张正义

因为简的男友菲尔是1969年3月20日最后一个见到简还活着的人,所以州政府传唤他出庭。但这一表述并不完全正确:州政府要求他出庭,但并没有传唤他,因为你不能传唤居住在美国境外的人。菲尔同意出庭作证,而我发现自己有点内疚,因为我知道他并不想来,是我在11月时告诉了施罗德菲尔在哪里。当时施罗德开玩笑说,我应该考虑自己当侦探,因为他们已经找了菲尔一段时间,但毫无收获。这让我很困惑,因为我只通过一通电话和一封海外信件就找到了他。

自那以后，菲尔和我在布鲁克林见了两次面，吃了两次早餐，他在那里有一套公寓；我和母亲还飞去伦敦看他，在那里我们和他以及他的长期伴侣，一位名叫赫妮的医疗保健活动家，一起待了一个星期。二人分别三十多年后，在伦敦机场看到母亲和菲尔互相问候，让《简》那一整个精神错乱的雄心暂时有了价值，有了起色，尽管有些不太稳定。

菲尔在出庭作证的前一晚抵达安阿伯，州政府安排他住在我外公当晚入住的汽车旅馆。我和母亲计划单独与菲尔共进晚餐，一方面是为了叙叙旧，另一方面也是为了安排他与我外公的会面。自从简的葬礼后，他们就再也没有见过面，而那时菲尔就知道，简的父亲对他并不满意，对他和简的关系也并不赞成。还有一个冰冷的事实是，在一段时间里，菲尔也被认为是简之死的主要嫌疑人，所以他不仅要承受失去心爱女人的痛苦，还要忍受警察的审讯、各方的怀疑、对他的家和汽车的搜查等。

接受审问后,菲尔对警察说:"我希望你们找到凶手后,会比审问我的时候更加尊重他的公民权利。"

警察不相信一个打算和简结婚的人会这样谈论杀害她的凶手,所以他们把菲尔抓回去继续审问。

现在,菲尔走出汽车旅馆,看上一表人才,穿着黑色牛仔裤和黑色T恤,堪称学者版的好莱坞男星理查·基尔。他说想开车经过他在安阿伯的老房子,没过多久,我们发现自己坐在砖砌露台上,在伞下喝着玛格丽特鸡尾酒,面对着他曾经住过的房子,那里现在是一家同性恋书店,两边分别是这家露天酒吧和一家泰国餐厅。

有那么一会儿,菲尔难以置信地盯着他的老房子,看着门上挂着彩虹旗,客厅里顾客熙熙攘攘。然后,他告诉我们房子以前的样子,告诉我们和简在一起的感觉。这时,他的语气突然从怀旧转为质问。他想知道我和母亲为什么要全程参加审理。我们为什么要去,到底是为了谁?果然,还是说到了这个话题。

"我们来是为了简。"我母亲平淡地说,似乎这应该是显而易见的。

我点头表示支持,尽管听起来有些不太真实。毕竟,简已经死了。我们谈论的是活人需要什么,或者活人想象死人需要什么,或者活人想象死人如果没死会想要什么。但死人就是死人。想必他们已经不再想要了。

我们在收到施罗德的每封电子邮件时,都会在邮件下方读到这样的结语:"对生者,我们亏欠尊重;对死者,我们亏欠真相。"——伏尔泰——暴力犯罪小组/密歇根州警察局。

我的母亲给他回信道:"我知道我可以代表我的家人说,我们同意您在邮件结尾引用的伏尔泰名言。"

"现在，"菲尔说，语气中带着不少的厌恶，"这是州政府的案子，跟简没有任何关系。事实上，她会恨死这个案子的重新审理。"

我和母亲摆弄着饮料上插的纸伞，意外地感觉自己受到了惩罚。菲尔是对的：值得庆幸的是，这不是简·路易斯·米克瑟诉加里·厄尔·莱特曼案，也不是简·路易斯·米克瑟的遗属诉加里·厄尔·莱特曼案。而是密歇根州政府诉加里·厄尔·莱特曼案。坐在法庭上，你永远不会忘记这个事实：你正对法官而坐，他穿着宽大的黑袍，蜷缩在一面绿白相间的大理石墙前，身后是密歇根州的巨大青铜色徽章。浮雕徽章上是后腿站立的一头麋鹿和一头驼鹿，它们倚靠在一个纹章上，纹章描绘了一个手持长枪的男子正在欣赏日出，下面写着：我要捍卫（TUEBOR）。然后，徽章底部环绕着州格言：如果你要寻找他的纪念碑，请环顾四周（Si Quaeris Peninsulum Amoenam Circumspice）。

但简会讨厌这场审理吗？她本人生前正在学习成为律师，虽然不是刑事律师，但也是律师。简的高中老师在她去世几天后告诉《底特律新闻》："自从我认识她起，她就说要当律师。这是她唯一的理想。"1969年，简是四百二十名法学院学生中的三十七名女生之一。在生命的最后几年里，简一直致力于政治运动和自学民权诉讼。在她去世后，法学院设立了简·米克瑟纪念奖，以表彰那些在社会正义和民权方面做出深远贡献的学生。在我的成长过程中，我一直以为是我的外祖父母设立了这个奖，但我早就应该清楚，在为写《简》进行的研究中，我了解到是她的朋友们于1970年设立了这个奖项，并一直延续至今。在她的案件重新审理之前，在网上搜索"简·米克瑟"时，最初得到的信息大多是曾经获得过这一奖项的法学院学生,他们后来将这一奖项写入了自己的线上简历。简可能活得不够长,没有留下任何"遗产",但如果她真的有"遗产",那么这群通过她的名字在网络空间联系在一起的政治活动家、公益律师和社会工作者,可能就是这份"遗产"的一部分。

最后,我打破了沉默,喃喃道:"也许简会讨厌这些,但如果我被谋杀了,却没有人来参加审理,我想我会觉得有点受伤。"这句话一出口,我就感觉到了其中的奇怪和幼稚。我当然不会有这种感觉。我已经死了。

我生命中有一段时间,在十六岁左右,我开始不确定女性是否真的会死亡。我是说,我知道她们会死,但我开始困惑,不知道她们是否和男性一样,在这个星球上面临着同样的生存困境。这种困惑出现于我在加州大学伯克利分校参加的暑期课讲座课程上,那门课程名为文学和电影中的存在主义。我上这门课是出于求知，但暗地里我也希望这门课能帮助我解决在父亲去世后几年里一直困扰我的对死和濒死的恐慌。父亲是在卧室里去世的，让"如果我在醒来之前死去"的睡前祷告从臆想变成了现实，虽然我当时只有十一岁，后来十二岁，再后来十三岁，但我经常害怕在夜里入睡，生怕自己醒不过来。由于我不太清楚的神经学，这些恐慌发作常常伴随着某种绿色色调，影响着我的视力。当我感觉到这种恐慌要来临时，我就会下床，在母亲家的地下室里踱来踱去，直到外面的家具、天空和我的皮肤都褪去了这种病态的绿色。多年后，我在一次去肯塔基的旅行中了解到，这种绿色非常像龙卷风来临前空气中弥漫的云烟。

存在主义教授一开始就告诉我们，他说的"人"其实指的是"人类"。但我的大脑并不容易做出这种替换。我很喜欢这门课，但随着时间的推移，我觉得这仿佛是一场以"现代人"为中心调查对象的人类学调查。这个人的黑色电影式游荡和对死亡的永久不安让我着迷和熟悉，但又与众不同，在某种程度上无法直接移植。我们在这门课上观看的一部电影是希区柯克的《迷魂记》（*Vertigo*），我记得金·诺瓦克饰演的角色似乎游离于游魂与肉体之间，而詹姆斯·斯图尔特饰演的角色似乎是"真实"的化身，这让我感到不安。事后，我想问教授，女性是否总是早已死去，或者，反过来说，是否还没有开始存在，但我找不到一种方法来提出这个问题，使之听起来或者不会让人觉得或多或少有些疯狂。

菲尔说："撇开简不谈，我觉得州政府的理由非常不充分。"

我和母亲对州政府的案子了解不少，但菲尔有法律学位，也许他知道一些我们不知道的东西?

"也许是这样的,"我母亲说,"但我们来这里不是因为我们想'赢'。我甚至不确定我们是否在'伸张正义',我们是来见证的。"

我再次点头表示同意。好在我们不是在"伸张正义",因为我怀疑坐在这张桌子旁的我们中是否有人能够确切地表达出正义的含义。

我的外公在2004年11月30日对《卡拉马祖报》说:"只有这个人获罪,我们才能伸张正义。我只希望我们抓对了人,正义得到伸张。"

也许是因为我花了很多时间向学生说教被动语态的罪过,讲解它是如何混淆意义、扼杀活力、抛弃赋予媒介或责任的任务,我发现正义的语法令人抓狂。它总是"给予""处以"或"完成"。它总是从天而降,从上帝那里,从国家那里，如同一道闪电、一把燃烧的利剑，在地球的最后时刻将正义与邪恶区分。显然，这不是我们能互相给予的东西，不是我们可以实现的东西，不是我们可以在泥潭中共同创造的东西。问题可能还在于"正义"这个词本身，因为千百年来，"正义"既意味着"报应"，也意味着"平等"，似乎这两者之间并不存在巨大的鸿沟。

"如果你真的想知道什么是正义，就不要只问问题，然后驳倒回答问题的人，"色拉叙马霍斯在《理想国》中对苏格拉底吼道，"你很清楚，提问比回答问题容易得多。你自己回答吧，告诉我们你所说的正义是什么。"

安妮·卡森写道："当正义得到伸张，世界就会消失。"在我看来，这并不是一个令人愉快的想法。我还不确定自己是否希望世界消失。

"不管审理结果如何，"菲尔耸了耸肩，

似乎在摆脱这一切的困扰,"多年前我就'应对'过这件事。当时我成功面对了,然后继续生活。现在对我来说已经结束了。"

我想说,这很公平,但为什么我们三个人坐在你在安阿伯的老房子前,在你自愿出庭作证的前夕,一边喝着鸡尾酒,一边谈论简想要什么或不想要什么呢?我无法评判菲尔的说法是否属实,我知道我根本不该尝试。但我发现自己相信这一点,就像我相信西尔维娅·普拉斯那样,她在一首充满对其父的悲痛和尖刻的诗歌结尾处写道:"爸爸,爸爸,你这个浑蛋,我受够了。"此外,我开始觉得,有些事情根本无法"应对",有些事情永远无法"克服"或"熬过"。

我们开车把菲尔送回汽车旅馆,陪他到我外公的房间。他们进行了一次非常愉快但短暂的交流,比客套话高几个档次,但不算热情。

菲尔第二天早上的证词非常精彩。他西装

笔挺，非常有耐心，即使面对希勒最后一个可怕的问题也是如此：

"韦茨曼先生，你是否杀害了简·米克瑟？"

"没有，"菲尔平静地回答，"我没有。"

然而，当简的一些照片突然出现在大屏幕上时，我不禁畏缩了一下。谢天谢地，不是尸检照片，而是菲尔多年前拍的一些快照。我们第一次见面时，他在布鲁克林的一家咖啡馆里把它们装在信封里交给了我，给《简》提供素材。我考虑过将其放进我的书里，但并没有这么做。我从来没有觉得它们是我自己的照片，我更像是它们的守护者。

但是，无论我在写作《简》时怀着怎样微妙的意图，施罗德一打来电话，我就不知不觉地搞砸了。施罗德读了《简》中对这些照片的描述后，马上打电话给我，问我能否把这些照片的复印件寄给他,以便他在调查期间能有更多的新照片给别人看。我希望调查尽可能地顺利进行。事实上,我觉得自己有某种道德义务帮助调查尽可能顺利进行,所以我很快就把菲尔的照片复印出来,并把它们寄了出去。就这样,菲尔和我以及其他人都在大屏幕上看到了这些照片,大屏幕正在被拍摄下来,并在电视上直播。我,可真是个隐私的守护者。

在法院外的街道上,在我们等待密歇根州警察局的车把他送回机场时,菲尔告诉我,作证前夜他睡得不好。不是因为时差,也不是因为对出庭感到紧张。相反,他之所以睡不好,是因为他在汽车旅馆的房间里熬夜阅读了晚餐时我给他的《简》一书。在这本书付印之前,我曾请求菲尔许可我使用我们之间的通信,他同意了,虽然有些模棱两可,他说他"相信我会做正确的事"。尽管如此,现在菲尔说看到自己的文字被刊印出来感到吓坏了。(我一直对法庭上的幻灯片放映感到焦虑,他反倒一直没提起,以至于我完全忘记了对他读到《简》的焦虑)。他说,他还注意到,在我的"致谢"中,我感谢了他的友谊。他说,这很好,但他认为我们之间的友谊并不算真正的友谊。他说这话的时候,我感觉胃里开始翻江倒海,血液涌上脸颊。他临别时眨了一下眼,这并不意味着我不配拥有一份真正的友谊。

"贝壳之书"

在庭审的第四天,一位名叫朱莉·弗伦奇的年轻法医学家身着蓝色裙装,步履轻快地走进法庭,举起右手,宣誓要说真话,全部都是真话,除了真话什么都不说("愿上帝帮助我"那部分已经不存在了),不知不觉中戳破了全体男性的泡影。在众多出庭作证的女法医学家中,弗伦奇只是第一位,其中有些人甚至在1969年还没出生。这些女性中最年轻的一位是二十多岁的DNA分析师,她看起来年轻得令人吃惊,却被视为"专家"。据她估计,在2001年9月11日纽约世贸中心袭击事件和2004

年印尼海啸中,她与其法医团队可能处理了数十万份个体基因样本。二十一世纪已经到来。

弗伦奇的证词一石激起千层浪,随之而来的是大量复杂的DNA证词。我们听了太多太多,以至于我和母亲回到吉尔家后都头晕目眩,在家里到处记录我们的体液痕迹。我们把它们想象成隐形的便利贴,就是人们在学习一门新语言时用的那种。厨房水龙头上打喷嚏留下的痰迹。床单上的汗渍。浴室废纸篓里用过的卫生棉条上的血迹。揉成一团的面巾纸和袖子上的眼泪。

在法庭上,我们了解到有些人是"蜕皮者",这意味着他们蜕去死皮细胞的速度比其他人快,因此会留下更多的DNA。我们了解到,"蜕皮"取决于很多因素,你上次洗澡是什么时候,出了多少汗。我们想知道自己是不是蜕皮者。我们得知,简可能不是一个很爱蜕皮的人,因为她自己的皮肤细胞很少出现在她的衣服上。但莱特曼显然曾经，或者说现在是很爱蜕皮的人。

我们了解到，莱特曼的DNA最早是在一间暗实验室里从简的连裤袜上发现的，分析师将她被害当夜所穿的每件衣服都摆放在一张铺着干净的棕色牛皮纸的桌台上。然后，他将每件衣物暴露在法医光照下，这种光照会"激发生物物质"。在紫外光的照射下，简的连裤袜上的某些地方开始发光，分析师从这些地方取出一些小样本，放入试管中。从这些每个都不比针尖大的样本中，最终能够生成一份图谱，一个"DNA指纹"，于171.7万亿种可能中匹配出一个人：他就是密歇根州戈布尔斯的加里·厄尔·莱特曼。

我们还得知，在简的尸体上发现了第三份DNA图谱：是菲尔的。菲尔的DNA图谱生成于自她套衫对应的腹部位置以及在她尸体旁的一本约瑟夫·海勒的《第二十二条军规》

(*Catch-22*)平装本上的大量细胞。那是菲尔的书。他上次见她时借给她读的。

随着多名分析师作证,我闭上眼睛,试着想象如果整个世界的暗实验室突然被一束光照亮会是什么样子,这束光的波长会"激发"我们的身体被光穿透的路径,以及我们所有的交流。如果我们所有落到物体上或者别人身上的血液、粪便、精液、汗水、唾液、毛发和眼泪,突然开始发光,那么菲尔的皮肤细胞会在简的套衫腹部亮起条纹状的光,而莱特曼的皮肤细胞会在她的脚踝周围形成白色的光团,简很有可能就是被抓住脚踝拖进墓地的。

如果保存得当,这些身体痕迹可以保存数十年并保持可鉴别性。可保存千年,甚至更久。一位分析师在证人席上解释说,DNA非常稳固,可以丢失,但无法改变。由于目前无法确定DNA的年代,因此在适当的光线下,数千年前的细胞会与我们今天留下的细胞一起发光。

在适当的光线下，现在和过去是无法区分的。

这对希望"逃脱谋杀罪惩罚"的人来说是个坏消息，尤其是当他的DNA以某种方式进入了CODIS时。我没有谋杀任何人的计划，但尽管如此，我还是很高兴施罗德没有像他要求我的母亲、外公和舅舅那样，要求我向州政府提供DNA样本。州政府希望将与简相关的基因图谱存档，以便将她排除在犯罪现场所发现DNA的可能所有者之外。（我的外公没有说出来，但我猜想他一定在想：如果这能替代挖出简的尸体，那就这样吧。）主张扩增DNA数据库和拉网式搜捕的人说："如果你没做错任何事，就没什么好担心的。"施罗德眨巴着眼睛引用了这句话，他用一把纤维牙刷拭去我家人内腭的皮肤细胞，然后在样本上套上具有保护作用的特殊护套，直到样本被送至实验室。我不禁想起英文的"护套"（sheath）与"阴道"（vagina）有词源上的关联。我母亲对DNA

检测的威力表示怀疑，施罗德安慰她道："听我说，上周末我们接手了一起轮奸案，从DNA中我们甚至可以分辨出那些家伙是按照什么顺序强奸她的。"

突然死亡是冻结生活细节的一种方式，在我看来是一种可怕的方式。在写《简》的过程中，我惊讶地发现，一次暴力事件将一件雨衣、一双连裤袜、一本平装书、一件套衫等一系列日常用品，变成了有编号的证物，变成了护身符，随时都能呈现出寓言的效果。我想让《简》给出这些物品的准确描述。例如，我费尽心思想确定覆盖在简尸体上的雨衣是米色还是黄色，因为这两种颜色的描述我都听到过。无法确定时，我强迫自己称其为"一件长雨衣"，而不是赋予它颜色，尽管我非常希望它有颜色。准确就像是武器，一种与"命运"抗争的手段。简一直在读《第二十二条军规》，但情况可能并非如此。事情可能总是与预想的截然相反。

在研究过程中，我偶尔会看到关于一条黄白条纹毛巾的记录，这条毛巾是用来吸附或擦拭简的血迹的。由于我不知道的原因，警探们一直认为这条毛巾不属于简；就像用来勒死她的丝袜一样，这条毛巾被认为是"现场输入品"。有些说法提到过它，但另一些则没有。我怀疑它是否存在过。我把它写进了《简》，虽然我并不确定。

出于某种原因，这条毛巾是我11月在电话里向施罗德询问的第一件事。

他说："你提起它真有意思。那条毛巾就放在我的桌子上。"

我公寓的走廊又一次坍塌了。

几个月后，当我看着施罗德在1月的听证会上戴上乳胶手套从纸板证物箱中取出这条毛巾时，如同从遥远而黑暗的冥河捞起一块漂浮物，法庭的地板也坍塌了。现实的构造物必须撕裂一点，才能让这条毛巾进入其中。

然而，当法医在7月的庭审中展开这条毛巾，并描述在其中心发现的"浓厚血迹"的性质时，超现实将让位于恐怖。我可能不认识简，但我知道我和她流着同样的血。我母亲也是。我姐姐也是。每次看到它，我都知道这一点，每次看到它，我都有一种窒息感。如果有人问我，我一定会把这密密麻麻、杂乱无章、有着三十六年历史的褐色干涸血迹旋涡描述为我见过的最令人悲伤的物品。做梦都难以想象的悲伤。

证人和警探多次折叠和展开这条毛巾，总是带着某种肃穆和礼仪，就好像那是一面国旗。但这是哪国的国旗，我说不清楚。那是一片黑暗的新月形土地，在那里，痛苦基本上毫无意义，现在毫无预兆地坍塌成过去，我们无法逃避我们最畏惧的命运，大雨滂沱，将尸体冲出墓穴，悲伤永存，其力量永不消退。

事实证明,毛巾只是序曲。在庭审过程中,那天夜里其余的所有物品都一一从证物箱中取出。每件物品都单独装在塑料袋里,就像干洗店里一大堆的衣物。仪式如下:警探将每件物品从塑料袋中取出,交给希勒,然后希勒像传递火炬一样,隆重地将其交给证人席上的法医。然后,法医举起每件物品,向法庭说明,并记录在案。在展示过程中,我列出了自己的清单。

一条粉蓝色宽围巾,纯丝材质,非常可爱。

一件蓝灰色套衫,可能是羊毛的,类似粗花呢,看上去刚好到膝盖上方,左上方有一枚银色胸针。

一件羊毛大衣,可以说是蓝色或灰色(这也是报纸和书中颜色描述不一致的原因），看上去有血迹，很难分辨。

挂在衣架上的一堆衣服。

一件蓝色高领毛衣，看起来像是棉质的，翻过来看也是血淋淋的。

一双连裤袜，上面用胶带做了记号。

一条淡黄色五分衬裙，上面有瓢虫图案。

一件黄色碎花内衣，7号尺寸，也有瓢虫图案。

一个配套的胸罩，上面有更多的瓢虫图案。

一条卷曲的天蓝色发带，两三厘米宽，上面有棕色血迹。

每当法医举起套衫、五分衬裙或大衣时，法庭上就会突然出现一个女人的身影。7号尺寸。简的身影。你可以看到她在层搭和颜色协调上的用心：底下是黄色，上面是蓝色。她的内衣就像是从时光胶囊里蹦出来的。瓢虫,真是够了。

"证物32"每次出现时,房间里都会鸦雀无声。"证物32"是简在被害当晚穿的一双连裤袜。控方还为这双连裤袜制作了一张数码幻灯片:在白色背景下,两条棕色的腿向内弯曲。一个人一生的命运就取决于这双破烂不堪的内八字连裤袜,而它那半透明的双腿现在却在半空中空虚地舞动。

我在便笺簿的新一页上,开始列出另一份清单。这份清单记录了整个审理过程中让我感到愤怒不安的各种词语,以及原因。

"缚绳"——听起来太高雅了,不像是用来绞杀的丝袜。

"颅内碎片"——听起来像垃圾,而不是子弹。

"挫伤圈"——听起来像"环形衣

领"。①

"伤口痕迹"——听起来像一首排行榜前40的歌曲。

"贝壳之书"——听起来像一本关于海中宝藏的儿童读物,而不是枪支店里有莱特曼签名的旧的子弹购买登记簿。②

在审理过程中,还会从证物箱里拿出一些更奇怪的小东西。其中最奇特的不是简穿戴或携带的物品,而是从她身上取出的物品。例如,她被害当晚阴道里带血的卫生棉条被保存在一个玻璃瓶里。同样装在玻璃瓶里的,还有验尸时从她脑中取出的两颗子弹。一个瓶子上标有"大脑",另一个瓶子标有"左太阳

---

① "挫伤圈"的英文为contusion collar,而在英语中,collar同时有"环状物"和"衣领"的意思。
② 在英语中,shell同时有"贝壳"和"子弹"的意思,而此处的"贝壳之书"(The Book of Shells)原意应为"子弹购买登记簿"。

穴"。"左太阳穴"的子弹完好无损,可以看出一些可辨认的标记,即"六面凹槽,右旋"。而另一颗"大脑"则是一堆不可救药的铅碎片。枪械专家解释说,子弹的质地比枪支软一些。它们击中硬物时就会变形。"大脑"进入简头部的位置是在她头骨底部一处非常厚的部位,因此子弹立即解体。

陪审团把这些装着铅碎片的小瓶转来转去,眯着眼睛困惑地看着子弹的残骸。他们这样做的时候,哥伦比亚广播公司的摄像机转到了我和母亲的长椅上,我已经能听到画外音了:家属惊恐地看着陪审团仔细检查三十多年前从被害人头骨中取出的碎片。

但我想的并不是这些碎片。我想的是我自己的碎片盒,一个我随身携带了二十二年的白色小纸盒,从一个城市到另一个城市,从一座公寓到另一座公寓,从一个书桌抽屉到另一个书桌抽屉。里面装着我父亲的九块遗体碎片,还有一些白色骨灰。1984年，母亲、姐姐和我一起把他的骨灰撒在了内华达山脉的一条河里。但我还是抓了一把，在下山的漫长路途中一直紧紧地攥在拳头里。后来，我把遗骨放进了这个白色的小盒子里，并用橡皮筋紧紧地绑住，故意贴上"爸爸的高中戒指[①]"的假标签，以便逃脱小偷的染指。我对这些骨灰有一些伟大的计划，一些别人不可能知道的计划。没有人能想出这么聪明的计划。只是我还不知道计划是什么。多年以后，当我听说电影《侏罗纪公园》（*Jurassic Park*）的逻辑前提：科学家找到了如何用恐龙的DNA重新培育恐龙，然后恐龙重返地球。我灵光一闪：也许这就是我一直在等待的东西。

然而，这些骨灰并不是真正的灰烬。它们更像是碎块。有几块看起来就像我想象过的骨

[①]美国高校传统，毕业时为学生颁发具有学校特色的纪念戒指。

灰应有的样子：优雅的月光色骨头碎片，就像贝壳被海水打碎、磨平的样子。但其他的骨灰就很奇怪。浅米色的海绵状大块可能是来自火星的微型岩石。一块多孔的深棕色物体，大约有橡皮擦那么大。

最奇怪的是，两块多孔的白骨上粘在一大块干枯的亮黄色胶块上。

我记得在我们撒下父亲的骨灰后不久，我曾问过母亲这些亮黄色的胶块。她没有解释，但还是大胆地猜测了一下：也许他们在他还戴着眼镜的时候就把他火化了。

我当时觉得这幅画面令人困惑。回到家里，我一个人在地下室的房间里，一边戳着我的小盒子里的骨灰或骨灰块，一边琢磨着。我想象着父亲像比萨一样被送进一个烧木柴的炉子里，他结实、黝黑的身体在火光中闪闪发光，除了戴着眼镜，他全身赤裸。我现在还在想象着这幅画面。那个盒子就放在这里。

在铁轨边

我很久以前的一个前男友最近搬到了安阿伯,庭审结束后的一天晚上,我和母亲去拜访他和他的家人,他们刚在镇上买了一栋古色古香的房子。他的妻子正在密歇根大学妇外科进行住院医生实习。他们有两个孩子,一个叫麦克斯的早熟四岁孩子,一个叫蒂莉的可爱女婴。我们坐在孩子们的游戏室里聊天,看着蒂莉像海豹一样匍匐在地毯上,看着麦克斯在电脑上熟练地玩着看起来很复杂的造桥游戏。我母亲也来了,因为她和我的这位前男友相处得很好。事实上,在我和他分手后,母亲还和他保持了一段时间的联系。听着他们的谈话,看着母亲把他那开心得直流口水的婴儿抱在大腿上,我觉得我在参与他们尴尬的重逢,而不是我自己的重逢。

我们告诉他们了一些审理的情况,他的妻子总是反复提醒我们用拼读代替直接说出"谋杀"和"强奸"这类单词,这样麦克斯就听不懂了。这很难让人觉得我们正在传播糟糕的坏消息。现场输入品。当麦克斯牵着我的手来到他的卧室,在他的床上给我表演杂技动作时,我的这种感觉更为强烈,我发现自己有两个同样令人担忧的想法:(a) 如果我一直和这个男朋友在一起,也许这就是我坚实的、可以理解的、幸福的生活;(b) 麦克斯的年龄和约翰·鲁埃拉斯在简的手背上滴下那滴臭名昭著的血时一样大。

孩子们换好睡衣后,我和前男友决定单独去酒吧叙叙旧。我不知道我和他之间会有多少话要说，我告诉母亲我可能会早点回家。

在酒吧里，他一直在说，他无法接受这种巧合——他刚搬到这里，而我却在这里参加谋杀案的审理。鉴于这个案子有很多巧合之处，这一巧合显得微不足道。我只是很高兴见到他。我们喝了很多酒，一直喝到很晚。

我回到吉尔家时，惊恐地发现母亲正在等我。她很担心。我这么晚一个人走回家，让她很不高兴。我告诉她我不是一个人，是我前男友送我回家的，没什么好担心的，我很好，去睡吧。她道了歉，说她觉得庭审让自己受到了影响。勾起了她以前所有的偏执幻想。她一直在读《白城恶魔》（*The Devil in the White City*），是一本畅销书，讲的是世纪之交芝加哥的一个连环强奸犯/强奸犯/杀人犯的故事。不幸却颇有讽刺意味的是，她领导的一个读书小组最近投票决定将这本书作为其下一个讨论对象。

当然，我的前男友并没有送我回家。相

反,我醉醺醺地从主街一直走到铁轨边,躺在那里,倾听着这个安静的世界。我仰面抽着烟,感觉自己成了地面的一部分,成了黑夜中黑暗迷失的生灵。

从我记事起,这就是我最喜欢的感觉之一。在公共场所独处,在夜色中徘徊,或者紧贴大地躺着,默默无闻,无影无踪,漂浮不定。成为"人群中的人"①,或者相反,与大自然或你的上帝独处。即使你感觉自己正消失在公共空间的慷慨和雄伟之中,也要在其中占有一席之地。通过完全空虚的感觉来练习死亡,但不知何故却依然活着。

在不同的时代和地方,人们曾试图阻止女性感受到这种感觉。许多人仍在尝试。别人已经对你说过无数次,身为女性,深夜独自一人在公共场所出现就是在找死,所以你不可能知

---

① 《人群中的人》(*The Man of the Crowd*)恰好是美国作家埃德加·爱伦·坡的一部短篇小说。

道自己到底是大胆而自由，还是愚蠢和自我毁灭。有时，练习死亡就是练习死亡而已。十几岁时，我喜欢在黑暗中用硬币蒙住眼睛洗澡。

十几岁的时候，我也喜欢喝酒。九岁那年，我在母亲的婚宴上第一次喝醉。当时的照片里，我穿着淡紫色的花裙子，抱着一只泰迪熊，昏倒在玻璃茶几下。当时我的一只脚骨折了，是我在为父亲表演舞蹈时弄伤的，但大家都认为这是对母亲婚姻的身心反应，我并没有去看医生。在婚礼的所有照片中，我都是单脚跳着走的。我一瘸一拐地走在教堂过道上。

我从来没有告诉过任何人，婚礼前几天晚上，我独自在父亲家的彩虹房间里，反复捶打自己的脚，试图让伤痕显露出来。在某种程度上，还是有些效果：我的脚掌肿胀得厉害，疼痛也更严重了。几周后的X光检查显示，我的一组名为"籽骨"的骨骼发生了应力性骨折，于是我打了新石膏回家。我一直不知道这些应力性骨折是我自己在卧室里造成的，还是源于最初的伤害。

但我真的学会了如何喝酒，或者说如何不喝酒，还是在我十五岁作为交换生住在西班牙的时候。有关我在那里整段时光的记忆，我只记得用西班牙语含糊地说"请给我一杯金汤力鸡尾酒"；在酒店房间里直接用酒瓶喝桃子味烈酒；在去迪斯科舞厅之前，吐掉了我的西班牙寄宿家庭准备的深夜晚餐，我依稀记得有很多金枪鱼玉米饼，吐完之后，漱漱口，再回到吧台；坐着醉醺醺的陌生人驾驶的汽车，在西班牙的乡间四处游荡；夜里在我居住的中等规模工业城市里闲逛，对自己新奇的复视症状感到惊奇，也对我喝醉后的西班牙语有多好感到震惊；在我所在城市的酒吧街，在湿润的嘴巴和坚硬的阴茎的迷影中和一个又一个身份不明的男孩亲热。那时，我学会了如何通过醉酒或嗑药来驱除恐惧，如何通过这种方式促成那种危险但又深度解脱的感觉,也就是一劳永逸地放弃了正为你的安危着想的计划。后来,我在纽约的酒吧大约工作了十年时间,并利用同样的原理在黎明前漫步回家。

躺在铁轨边,我回想着白天在法庭上发生的事情。我想起了退休的州警厄尔·詹姆斯的证词,他花了很多时间讨论道恩·巴索姆的恐怖谋杀案,这位十三岁女孩的死是该系列谋杀案的第五起。詹姆斯早在二十世纪六十年代就领导了"密歇根谋杀案"的专案组,此后一直致力于破解连环谋杀案。(1991年,他自费出版了一本名为《抓捕连环杀手》的书,并将该书的出版商起名为"国际法医服务公司"。)也许正是因为这种专业化,詹姆斯在谈到简的谋杀案时往往具有极大的权威性。他在审理期间对记者说:"简曾因辩论而获奖,很明显她与凶手建立了融洽的关系。但凶手不能放她走,因为她能指认出他。"詹姆斯似乎是世界上唯一能想出这些信息的人。

詹姆斯在作证过程中一直眼含泪水；法庭电视台后来报道说，当詹姆斯描述道恩·巴索姆遭受强奸以及随后被电线勒死的过程时，"他盯着天花板，声音颤抖"。

詹姆斯的眼泪无疑是真实的，但并没有打动我。事实上，他的眼泪给我了一种家长式、狗血剧的感觉，而且还有点惊悚。我根本无法将一个男人的眼泪与他全神贯注地用生动的手势演示凶手是如何"用刀划破道恩的内裤裆部"这一场景协调起来。

这时我想起来，詹姆斯在作证时说过，道恩最后一次被人见到是在铁轨上，她正走在回家的路上。于是，躺在那里，我想起了道恩。我想起了道恩，想起了夜晚的铁轨是多么美丽，在红绿信号灯的照耀下，两条银色的平行线闪闪发光，一直延伸到远方。整个世界安静，炎热，闪烁。

加里

道恩·巴索姆的遭遇中的最基本细节可能表明,简的谋杀是这一系列案件中残忍程度最低的。她似乎很快就死了,而且是唯一一个没有被强奸的人。控方希望强调这一区别,因为这似乎指向了柯林斯之外的凶手。受传唤到场的南希·格罗的儿子说,简血迹斑斑的袋子似乎是被故意"放在"路边的,就像是指向她尸体的路标,而一名曾参与调查"密歇根谋杀案"的退休警察则作证说,其他女孩的尸体像垃圾一样被扔在路边或深谷里。杀害这些女孩的凶手(大概是柯林斯)还再次来到抛尸地点，对尸体施加更多的伤害。例如，第一名受害者，十九岁的玛丽·弗莱萨，她的手脚显然是在死后几天被砍下的。

最先到达简的犯罪现场的警察再次出现，他描述了她的手提箱和《第二十二条军规》是如何放在她身边的；她的鞋子、钱包和黄白条纹毛巾是如何放在她两腿之间的；她的身体是如何被精心地覆盖起来，先是用挂在衣架上的衣服披盖，然后是她的羊毛大衣，最上面摊开的是她的雨衣，似乎是为了保护整堆衣服不受风雨侵袭。当被要求将这种情况与玛丽·弗莱萨的情况进行对比时，这位经历了两桩案件的警察（现在已经是一位老人）只是摇了摇头："第一个女孩，她当时的样子……"希勒不得不催促他继续说下去。"第一个女孩瘦得皮包骨头。被皮带抽打得遍体鳞伤。她的皮肤，"他断断续续地说道，又摇了摇头，"她的皮肤就像皮革。"

厄尔·詹姆斯在证人席上是这样总结的："看起来，谋杀（简）的凶手似乎对被害人表现出了同情。"

媒体喜欢这样的表述，凶手对被害人表现出同情成为第二天当地乃至全国有关此案的报道的头条新闻。法庭电视台紧扣这一主题，报道称"对她尸体的精心摆放展现了温柔"。

当施罗德在去年11月第一次对莱特曼进行提问时，他也强调了这些关怀的举动。他对莱特曼说："我在凶案组工作了很长时间，我绝对见过堪称恶魔能干出的事情。这起罪行并非恶魔所为。无论是谁干的，那个人都不是恶魔。"他说的这番话差点让莱特曼感动落泪。

作为审讯策略，我很欣赏这个角度。但在第二天早上开庭前，我和母亲在星巴克里浏览了什么凶手表现出的同情的头条新闻后，就厌恶地把报纸扔到了一边。在枪杀并勒死一个女人之后，把她的尸体裹得严严实实，仿佛要保护她不受寒,还贬损意味地把她的内衣拉下,然后小心翼翼地摆放一个人再也无法使用的四肢和财物。我和母亲一致认为:这些行为不能视作"温柔"。

几个月前,施罗德和我曾在电话中尴尬地讨论过这个问题。我当时告诉他,尽管凶手做出了这些"关心"的举动,但在我看来,简死后(或接近死后)被人残忍勒住脖子的行为并没有表现出他的悔意和对尸体的关心。

施罗德说:"呃,这有点复杂。"

他告诉我,在重新检查了丝袜的位置、打结的方式等情况后,他们开始怀疑丝袜可能是作为止血带使用的,这是一种有点反常的医疗方法,目的是为她头部的枪伤止血。我不清楚施罗德是想暗示凶手是因内疚或悔恨而绑上止血带,还是凶手出于其他原因想止血,比如不想弄脏汽车的内饰。但我没有继续追问。

施罗德趋向于另一种令人难堪的推测。在

进入警方工作之前,施罗德曾是海军陆战队员。在简的案件调查初期的一天,他和另一位前海军陆战队员一起检查了犯罪现场的一些细节,特别是简的衣服是如何堆放的,以及她的物品摆放在哪里。他的朋友转过身来对他说:"施罗德,你真是我见过的最笨的前海军陆战队员。你难道看不出这家伙是在为她举行战场葬礼吗?"

当战友在战斗中牺牲,而他的战友又无法将其遗体运离战场时,他们应该将他的遗物折叠起来,放在他的两腿之间,以便日后能以最快的速度和效率将他的尸体和遗物收集起来。施罗德确信,他们要找的是一个服过兵役的人。柯林斯没有当过兵,但莱特曼当过。

在服役后的二十多年里(服役地点是南美洲和墨西哥,而不是越南),莱特曼一直在博吉斯医疗中心担任护士。

在那段时间里,莱特曼很有可能为许多病

人提供了生命维持性照护,甚至可能提供了相关的舒缓性措施,以及其他没人清楚的东西。如果是他杀了简,那么这些照护和舒缓措施中是否存在犯罪成分?是否还能对其中的罪行有效追溯?

与我们在1月第一次见到他时不同,在7月的审理中,莱特曼将不再是那个穿着绿色囚服、一脸迷惑、蓬头垢面的人。他将理好发,穿着西装,打着领带,神情也会更加专注。只有当法警带他进出法庭时,他脚踝上的镣铐才会显露出来,届时他会向家人挥手致意,有时还会露出微笑。

然而,在第一次看到全新的莱特曼之后,我和母亲就再也没看到他。为了能够看到大屏幕、向陪审团展示的证物以及证人,我们必须挪到长椅上的一个位置,从那里就再也看不到莱特曼了。希勒告诉我们,他不会再出庭了,这在死刑案件中并不罕见,因为出庭的风险非常高。我们永远不会听到莱特曼的声音。证人席上的每个人都会谈论对简的尸体"做了什么",而不是他做了什么或涉嫌做了什么,甚至不是"凶手做了什么"。莱特曼将从人们的视线中消失,从人们的脑海中消失,从人们的语言中消失。即使是现在,我也需要集中精力才能记起他。

在审理前,我曾试着更多地了解莱特曼,主要依赖于无须求助他人的二十一世纪懒人方法:我用谷歌搜索了他。以下是我找到的内容。

摘自2001年3月23日《底特律新闻》商业版:

密歇根州戈布尔斯的执业护士加里·莱特曼说:"我每天晚上和夜间都看新闻,过去一年来,他们采访的每一位财务顾问都说一切都很好,这只是小幅下跌。莱特曼年近六旬，他希望能尽快转为兼职工。但去年，就在市场开始下行的前一周，他的财务规划师建议他将25%的资产转入激进增长型基金。自那以后，其中大部分投入都随着纳斯达克高科技市场的收益一起蒸发了。"莱特曼说："几周前我再去咨询时，他对我的态度很差。我没办法计划在六十岁时退休了，这是肯定的。"

随后，摘自2002年2月13日《底特律新闻》"新闻透视"：

来自密歇根州戈布尔斯的读者加里·莱特曼在回应1月30日"新闻透视"专栏中关于本报对女子田径运动报道的文章时认为，本报仍有改进的余地……"底特律报纸媒体在报道女子体育方面的欠缺令人遗憾。一个明显的例子就是对少年棒球联盟赛事、分区赛、地区赛及全国赛的报道。而对于两小时车程之外在卡拉马祖举行的少年联盟（女子）垒球世界系列赛却没有给予同样的关注。你们应该清楚，全密歇根有五万多名八至五十八岁的女性在打快投垒球。从严格的商业角度来看，如果你们想吸引读者订阅，这可能是一个不错的出发点。"

无论是那位哀叹自己投资化为乌有、希望早日退休的护士，还是这位作为世界公民在家中写下《致编辑的信》的各地女性运动员捍卫者，都无法轻易与我母亲、姐姐和我多年来在梦中与之斗争的那个阴魂不散、亡命徒般的行凶者联系起来。

然而，莱特曼作为模范公民的声誉受到了质疑，他因涉嫌谋杀简而被捕约两周后，报纸上出现了这样一则标题：杀人嫌犯受到色情指控。

当第一次看到这则标题时,我并没有感到震惊,而是感到警惕或厌倦。这似乎太容易预料了,可谓经典美国故事的反转章节,"普通人"或"好邻居"原来是斧头杀人犯和/或在他的地下室里经营着儿童色情集团。在这个国家,色情产业带来的收入比所有职业体育项目的收入总和还要多,我甚至怀疑,在搜查任何一个美国家庭时,是否都会发现这样或那样的色情藏品,毫无疑问其中大部分接近非法行为。另外,我也喜欢色情片,"色情指控"这几个字在我心中激起的唯一真正恐慌是,有朝一日,我看色情片的习惯可能会让我成为家庭价值观革命的目标,届时这场革命将开始军事化的家庭入侵征程。我立刻打电话给施罗德询问详情。

施罗德告诉我,莱特曼被捕后,警方在搜查其住所时,在床头柜的一个信封里发现了两张用莱特曼的拍立得相机拍摄的照片。这两张拍立得照片拍摄的是一名少女，显然已经失去知觉，下半身赤裸，躺在莱特曼家的床罩上。

当警方第一次看到这些照片时，他们担心又发生了一起凶杀案。但看到这些照片时，施罗德认出了那个女孩，就是莱特曼被捕当天早上，在其住所出现的那名活生生的十六岁韩国交换生。

2004年12月8日，这名几乎不会说英语的交换生被迫在莱特曼的传讯中出庭作证，莱特曼的重罪指控罪名是制作涉及儿童的性虐待材料。在出示照片时，她泣不成声，并说她不记得自己拍过这些照片。警方相当肯定她被下了药。在莱特曼的剃须包（也是在搜查其住所时缴获的）里，警方后来发现了一个无标记的小瓶，里面装着苯海拉明（可他敏的活性成分）和地西泮（安定的活性成分）的粉末状混合物，经州警方毒理学家鉴定，这是一种能让人立刻昏迷的麻醉剂。

莱特曼坚称,这名交换生是个"野孩子",照片不是他拍的,只是他偶然发现的。他怀疑这些照片是女孩的男朋友拍的,他说自己一直把这些照片放在床边,直到索莉出差回来,这样他们就可以一起决定下一步该采取什么行动。

莱特曼最终承认了持有儿童色情制品这一情节较轻的指控,而女孩则被送回了韩国。

当我听到这个少女在证人席上啜泣时,我第一次,老实说,也是唯一一次为莱特曼被拘押并被关在里面感到由衷的高兴。

法国伟大的色情文学作家乔治·巴塔耶写道:"从本质上讲,色情领域就是暴力和侵犯的领域。"阿兹特克人互相开膛掏心、修女圣特蕾莎陷入心醉神迷的痛苦,巴塔耶对这些画面着迷不已。我怀疑他脑海中是否浮现出密歇根郊区一位满身臭汗的白人老头儿，他正在搅拌粉末，打算迷晕交换生，然后对其进行性虐待。

*

后来我才知道，一位女同事曾指控莱特曼在一次工作旅行中，趁她在巴士上熟睡时对她进行性骚扰。莱特曼被捕后，一名在二十世纪六十年代末曾与他同住的男子主动出面告诉警方，莱特曼曾向他展示过一小瓶液体，并吹嘘说这瓶液体能让一个女人失去知觉，而且用多了会要了她的命。控方还发现了一名莱特曼在六十年代末约会过的女性，她说自己准备为莱特曼的"性功能障碍"作证。

法官不允许在审理中介绍这些信息。由于简没有被下药，因此他也认为儿童色情指控与本案无关。辩方希望保持这种状态，但这意味着辩方不能传唤任何品德证人为莱特曼辩护,包括莱特曼本人。这一切都将归结于科学。

在庭审开始时,我在便笺簿上留出了一页,记录我在接下来的几周里将了解到的有关莱特曼的所有信息。最后,这一页如下所示。

加里

绰号包括"格斯"和"窝囊废"。
以好胃口著称。
是野鸡、松鼠、鹿、兔子等动物的狂热猎手。
曾经养过一只宠物狐狸。

深入了解加里性格的唯一可能途径,来自控方使用的一种肮脏的视觉伎俩。在一份演示文稿中,控方试图将莱特曼的笔迹与简被害后第二天在法学院公用电话旁发现的电话簿封面上的"马斯基根"和"米克瑟"字样进行比对,控方的笔迹专家从加里在狱中写给家人的信件和他于2002年在戒毒所被要求记录的"心情日记"中提取了大部分样本。

第一个样本出现在屏幕上:

> 计划始于1月,当时我们
> 亲爱的弗里茨

接下来的内容有更多感情成分,尽管有所删减:

> 对我来说,她
> 我清楚地记住了生理盐水,就在第一次
> 带来雨水
> 时间是虚空的

他只是一个人

非常孤独

接下来的内容则偏离了这种极简主义模式,成了一幅混乱的拼贴画,其中"愤怒"一词重复出现了约五十次,而且经常被狠狠进行了强调。许多句子都提到了一个不满的女性对象,比如"我对她感到非常愤怒"。其他突出的片段有——

如果逼得太紧……

内心强压愤怒

莱特曼的律师立即表示反对,称所投影的内容会影响陪审团的判断。法官支持了反对意见,但允许继续放映,并指示陪审团完成一项完全不可能完成的任务:忽略屏幕上文字的含意,只关注其中字母 i 中点的书写、基准线、笔的拖动和初始笔画。但在我看来，陪审团似乎被屏幕上揭露或者说塑造的人物形象吸引住了。我也是如此。出现在那里的"加里"既深沉又充满爆发力。

那天晚些时候，我在法院咖啡厅等待鸡蛋芝士三明治出炉时，与密歇根警方的一名警探聊起了笔迹展示中咒骂性质的意味。他调皮地笑了笑。"是啊，我们这么干是有点下作。但考虑到我们能在法庭呈现的关于加里的信息太少了，我很高兴我们能找到一种方法来展现他的品格。"

我也很高兴。但所谓的"展现"为何，我说不清楚。是因为加里总是满腔愤怒吗？这让他更有可能是杀害简的凶手？是那个交换生的拍立得照片吗？他所谓的"性功能障碍"？他涉嫌在行驶的巴士上猥亵女护士？他对止痛药上瘾？他的宠物狐狸？

诗之破格

身为诗人的我,可能喜欢那些手写拼贴画,但身为日记作者的我,却感到惊骇。一个人的私密冥思被警察攫取,剁成罪证确凿的碎片,然后投射到屏幕上供所有人观看,之后成为公开记录,这简直就是一场卡夫卡式的噩梦。

这也是我在《简》中描述自己如何处理简的日记的方式。我曾在晚餐时告诉那位哥伦比亚广播公司的制片人,我利用简的日记让她为自己说话。这是事实。但我也拣选了我想要的词句,将其切碎,重新排列,以满足我的需要。就像人们常说的"诗之破格"。

多年前,大约十四岁的我独自在家,在母亲卧室的柜子里发现了一个柔软破旧的皮质公文包。那是一个床头柜,离我继父的丛林砍刀只有不到半米之远。我一眼就认出那是父亲的公文包。里面装满了黄色的便笺簿,我拿出便笺开始阅读。很快,我确定这些便笺是他过去一年左右的日记。

对我来说,死者的日记并非不可侵犯,但生者的日记的确不可侵犯。也许二者都应该如此,我不知道。我只知道,在阅读这些日记时,我没有感到恐惧或不妥。只有好奇和悲伤。

我从中了解到,父亲是通过阅读母亲的日记发现了母亲与油漆工的婚外情的。他在母亲的日记中得知,他们的第一次做爱是在一起乘坐滑翔机后,而当时他对这种滑翔机飞行颇为怀疑。

当我读到这里时,那天的情景突然浮现在眼前。那时我大概七岁,也许八岁。那天晚上,我们一起去"胡椒磨坊"吃晚饭。"胡椒磨坊"是埃米莉和我最喜欢的餐厅之一。埃米莉和我之所以喜欢那里,因为它的吧台边有一个小池塘,池塘上奇迹般地漂浮着一团火,鸡尾酒女招待穿着长长的粉红色晚礼服,看起来就像"霹雳娇娃"。那里的汉堡包上有粉红色的塑料钉,形状是迷你奶牛,上面用红色的小字标明"三分熟""七分熟"或"九分熟"。

我们的父母很少吵架,我甚至很少看到他们在一起。但那天晚上他们吵架了,而且是和滑翔机有关。

那天下午,我把他的日记全部读完了,之后就再也没有看过。我承认是在一次家庭心理治疗中发现这些日记的,这是我母亲为防止我们新的"家庭单位"分崩离析而做出的少数尝试之一,虽然她和她丈夫在治疗师的办公室里装得很富有同情心，但我们一出来，我就因为偷看而被关了禁闭。就在这次治疗中，埃米莉打翻了治疗师的落地灯，冲出了办公室，后来无奈地被找到，从地下停车场中两车之间的藏身处被哄了出来，然后我们才得以回家。下次我再去找公文包和便笺簿时，它们都不见了。

我只记得其他一些片段。

他称我为"小恶魔"，说我很快乐。

他形容埃米莉安静而敏感，还说很担心她。

他想念我母亲的乳房。

父亲最近在日本出差时享受了妓女的服务，他格外喜欢她在每次服务后都亲吻他的阴茎，他觉得这种方式既细腻又周到。

"男人很少会放纵自己或在性方面处于被动地位，任由女人和他做爱。"我父亲在一篇名为《那么你觉得自己想成为男人吗？》的随笔中写道。他死后，这篇连同另外两篇随笔被他的朋友们收录整理成了一本小书。

《那么你觉得自己想成为男人吗？》开篇：

在我生命的前三十七年里，我一直相信自己是个幸运的男人。毕竟，男人有最好的工作，赚最多的钱，有更大的择业自由，家里有好女人做伴侣和情人，而且出于这些和其他原因，男人普遍感觉比女人更优越。……我的妻子曾经常常说："布鲁斯，你为什么总是那么快乐？你就没有沮丧或生气的时候吗？你真的缺少某些重要的感觉；你缺少了作为一个活生生的人的一部分！""但是，芭布，"我回答道，"我很快乐。我为什么要假装拥有那些我没有的感觉呢？在75%的时间里快乐有什么不对？"

一年前，我的生活跌入谷底。我妻子

想要离婚。她爱上了另一个男人。在她的要求下,我们分居了,她同时向法院申请离婚。我该怎么办?我能去哪里寻求帮助?这种陌生的感觉压得我喘不过气来:震惊、悲伤和失落占据了我的日日夜夜。我感到无助……我为什么会哭?

接着,他花了好几页的篇幅列举有关"身为男性的危害"的统计数据。相比女性,男性成为严重攻击行为受害者的可能性高出143%,成为谋杀受害者的可能性高出400%。女性企图自杀的可能性是男性的四倍,但实际上男性自杀的成功率是女性的三倍,等等。但是,作为一个永远的乐观主义者,他总结道:

> 我不是一个喜欢照本宣科的人,所以就不赘述了。回想一下,本文的引言让布鲁斯·尼尔森悲痛欲绝,孤独无助,亟须

帮助却无处求助。那是一年前的事了。我向我的男性朋友们求助,他们的帮助远远超出了我的预期。……我意识到,在过去的几年里,我仅仅活出了一半的人生。全方位的体验确实能产生更高的能量。

一天晚上,他带我和埃米莉去看芭蕾舞剧《胡桃夹子》,看完之后,他展开两卷卫生纸,把纸缠在两只手上,在客厅里跳来跳去,疯狂地模仿"丝带舞者"。

他喜欢毫无征兆地戴上尼克松的橡胶面具,追着埃米莉和我在房子里尖叫:"我不是骗子,我不是骗子。"

他用疯狂的假声唱着《伯爵公爵》(*Duke of Earl*),还经常声嘶力竭地喊出他的箴言:"直到证明不是之前,我就是不朽的!"

在去世前一年,他学会了如何哭泣。我看到他哭了。

故事的结束

在庭审中我了解到,当警探到达凶杀案现场时,他们会从远离尸体的地方开始,慢慢地向尸体靠近,以免遗漏或干扰到任何东西,并以同心圆的方式扫荡式拍照和收集证据。

几年前,在写《简》的时候,我问母亲她是否觉得我曾为父亲感到悲伤。我不知道自己为什么会认为这是她能知晓的事情。但当我回想起父亲去世后的岁月,并试图在其中找到自己的位置时,我觉得自己就像在扫描一张照片,照片中应该有我,但并没有。我突然想到，在看着我成长的过程中，也许母亲看到了一些我看不到的东西。

"9·11"事件后不久，纽约洋基队的一些球员来到我在曼哈顿闹市区工作的酒吧旁的消防站，为孩子们进行棒球签名，孩子们的父亲是丧生于世贸中心双子塔的消防员。我们的站点（我们就是这么叫的）失去了十一名消防员，其中许多人经常在酒吧喝酒。我放下手头的工作，跑到外面看洋基队队员和街上的孩子们玩接球游戏，空气中仍然弥漫着死尸和钢铁闷燃的恶臭。

男孩们兴高采烈。没有一个孩子的年龄超过十岁或十一岁。他们尖叫，互相击掌，在水沟里追球，还戴上了队员们为他们带来的洋基队签名帽。人们不可能忘记，每个男孩都刚刚失去了父亲。这件事几个星期前刚刚发生，他们还不知道这将如何影响他们的余生。看着他们幼小的身躯，我在想，悲伤如何藏身于这么小的容器呢？如果我看得足够久，也许我真的会看到悲伤。

这一幕苦乐参半，实在让人难以承受。我回去工作了。

"你当然感到悲伤了。"母亲回答我。

在我成长的这些年里，我一直暗暗对母亲心怀不满，因为在发现父亲死亡的那天晚上，她没有让我和埃米莉进入他的卧室。大家都说他是在睡梦中去世的。但母亲告诉我们，他好像是先坐起来，再向后倒下的，所以他一定是醒了很久，知道出了大问题，他的身体，他的心脏，出了大问题。也许他猛然惊醒，坐了起来，心想："天哪，我这是怎么了？"也许他在床头柜上摸索着找电话，想着："我需要帮助。"或者他摸索着眼镜，最后一次想到："我这是怎么了？"如果我看到了这些摸索的痕迹，我就能清楚他遭受了多长时间的折磨。

是否有过任何痛苦。他最后的声音是什么？他最后的想法。在楼梯底部，在他紧闭的卧室房门后面，隐藏着一个不公正地禁止我知道的秘密。如果我获准知道它，我的梦境日记就不会在接下来的二十年里充斥着不完美的复活。

爸爸又活过来了，他说这些年来他一直处于昏迷状态。他解释说，离婚后他喝醉了，吃了一大堆抗抑郁药和某种神秘的墨西哥药物，所以才昏迷不醒。他说，康复医院的人收留了他，从未放弃过他，他们多年来一直守护着他的身体，等待他抽搐。我感到无比欣慰，虽然对放弃他有些内疚，可对他花了这么长时间才重新找到我们有些生气。这时，我母亲出现了，她低声说，别相信他，他说的都不是真的，你的亲生父亲已经死了。

爸爸，又一次死而复生。他没有了络腮胡，很温柔，我们之间的关系有了些性意味。我对他低声耳语，离他的脸很近：我现在在读研究生。他说，你打算当医生还是律师？我说，不，爸爸，我要当教授。他微笑着点点头。我们谈论着他不在时发生的一切。我告诉他了1989年的旧金山大地震；他告诉我，他记得密歇根的一次地震，当时他正在打网球。当他说球场上满是瓦砾时，我怀疑他在撒谎。密歇根没有地震。也许这是个冒牌货。也许我真正的父亲真的死了，或者在别的地方。然后他说他仍然是不朽的，但他现在得走了。他还有工作要做。我想，对了，天堂式的工作。天堂的工作。

我的母亲无论如何都该死。她该死主要是因为她还活着。如果那天夜里我们发现了她的尸体，我们的忠诚可能早就转向另一个方向了。

此外，出于无法解释在四十岁时突然心脏病发作的原因，我们中间开始流传一种说法，就像一种无声的毒药，说父亲是死于真的心碎。

"是她杀了他。"我在学校操场上听到埃米莉耸了耸肩对朋友们说。

我也相信这个故事。但随着岁月流逝，我逐渐意识到它的谬误。除了医学上的可疑之处外，它还忽略了一个事实，那就是我父亲去世时正身处幸福的浪潮中。按照别人的说法，他当时正当年呢。在经历了一两年看似快乐的滥交之后，在他去世的时候，他正考虑再次结婚，是和一个叫简的女人。

我曾希望岁月能化解母亲的这一负担，就像我曾希望自己最终不再为了纠正一些本该被接受的错误而把自己置于越来越糟糕的境地。

后来，在我母亲第二次离婚期间，有一天下午，我在回加利福尼亚老家的路上，无意中听到了她和即将成为我前继父的男人之间的疯狂争吵，他试图为自己的通奸行为辩护，提醒母亲他们二人也有过通奸。我在客房里听到她反驳道："你很清楚，我为此付出了血的代价。"

我知道她说的是我父亲，事情过去二十年了。那一刻，我想象着冲出家门，跑向高速公路，拦下第一辆经过的汽车，恳求司机带我离开，越远越好，离开这个故事。

我的母亲是一位小说教师。她读过天下所有的小说。母亲在州立旧金山大学写的硕士论文就是关于《达洛维夫人》的，当时她正怀着埃米莉。几年前，为了庆祝我的诗集出版，她寄给我一张卡片，上面写着："我们为了活下去而给自己讲故事。——琼·狄迪恩。"当时我住在纽约圣马可广场附近的一间储藏室里，我把卡片钉在表面斑驳的墙上，提醒自己母亲对我的支持和体贴。

但我越看这张卡片，就越是被它困扰。我的诗没有讲故事。我之所以成为诗人，部分原因是我不想讲故事。在我看来，故事可以让我们活下去，但也会困住我们，带给我们惊人的痛苦。为了让无意义变得有意义，故事扭曲、篡改、指责、夸大、限制、省略、背叛、神化，各种手段应有尽有。这一直让我感到惋惜，而不是庆幸。一旦一个作家开始谈论"人类对叙事的需求"或"讲故事的古老力量"，我通常会发现自己想要一溜烟地离开观众席。否则，我的血液就会涌到脸上，开始沸腾。

那位年轻的哥伦比亚广播公司制片人写道："我强烈地感觉到，你家庭的那段挣扎与希望的故事一定能引起观众的共鸣。"他说的是哪段故事？

对我来说，不完美家庭故事的范例是我的

叔伯唐的死,他多年前在密歇根死于多发性硬化症。小时候去看他时,我吓坏了:他做完气管切开术后躺在床上一动不动,用沙哑的振动跟我们打招呼,那振动从他喉咙里的黑洞中不可思议地放大成了声音。每当我问起唐叔伯到底发生了什么事,为什么要在他的喉咙开这个洞,让他只能躺在床上,总是得到同样的答案:一切都始于有一天,唐叔伯在海滩上踩到了一块玻璃。从那以后,他就再也回不去了。我很多年后才明白,虽然在海边的这一天可能标志着他的身体发生了某种变化,但无论他在那里踩到了什么,都不会导致他患上多发性硬化症。但时至今日,在家族传说中,这块海滩玻璃和他最后神经肌肉溶解之间的关系已经是板上钉钉了。

在中心镇那个谋杀心理肆虐的冬天,我被要求在大学里教授一门关于"叙事理论"的课程。我拆散了沿袭下来的教学大纲,让每个人都读贝克特的作品,并写一篇关于脑损伤的文章,然后上交论文,重点讨论《终局》（*Endgame*）中故事叙述的旋涡式瓦解。有几位学生似乎没有抓住重点,当然前提是确实存在重点,他们交上来的论文围绕以下观点进行了论述:如果哈姆和克劳夫能讲出连贯、有力的故事,他们或许就能找到持久的幸福。我对这些论文的评语很严厉。有几个学生抱怨说,我似乎对他们的观点抱有异乎寻常的敌视。

"没有什么比不快乐更有趣了。"我对他们重复了一遍,感觉到某种模糊的、教师特有的虐待癖在呼啸,就眼下的状况而言,显然有些过分。

弗吉尼亚·伍尔夫写道:"我把它写成文字,使其成为现实。只有把它写成文字,我才能使其完整;这种完整意味着它失去了伤害我的力量;也许是因为我这样做消除了痛苦,它给我带来了巨大的乐趣,把割裂的部分拼接在一起的巨大乐趣。也许这就是我所知的最强烈的愉悦。"

她怎么会死在乌斯河底?

我知道我想要的东西是不可能实现的。如果我能让我的语言足够平实,足够准确;如果我能把每个句子清洗得足够干净,就像在河水中反复清洗石头;如果我能找到合适的栖息处或缝隙来记录一切;如果我能给自己足够的留白空间,也许我就能做到。我可以一边讲述这个故事,一边走出这个故事。我可以,这一切都可以,就此消失。

照片5:

> 简的脸,从侧面看,有两道暗红色的血迹从她左太阳穴的枪伤处流出。一条血河从她的脸颊一侧直流而下;另一条来自同一源头的血河,则像对角线一般穿过脸颊流向嘴部。

简白皙的脸颊上,两道砖红色的血迹开始凝固或已经凝固。就是这张照片。这就是我们的所见。

但是,正如法医指出的,经过仔细观察,这张照片讲述了一个故事。所有的照片都有故事。这张照片显示,简死的时候是坐着的,第一枪打在了她的左太阳穴上。重力会让第一枪的血顺着她的脸往下流。然后,在失去知觉后,她的头会向前倒在胸前,从而改变血的流向。因此,第二道血迹流向了她的嘴。

没有人知道简的死亡地点。但从这张照片可以想象,她当时正直挺挺地坐在汽车的副驾驶座上,旁边是右手持枪的凶手,他先是朝简的左太阳穴开了一枪,然后又朝她的左下颌开了一枪。我猜凶手是为了确保她已死亡。接着,他实施了勒杀。我猜这也是为了确保她死透了。

没有防御性伤口。没有打斗的痕迹。他（加里，管他是谁）可能告诉简别动。她死的时候可能一动不动地坐着，.22手枪的枪口平贴在她的左太阳穴上，心中恐惧得难以想象，心里只有一个简单的念头：请别杀我。

这就是照片讲述的故事。

1970年4月20日，诗人保罗·策兰离开巴黎的家，走到塞纳河的一座桥上，跳河自杀。他在书桌上留下来一本打开的荷尔德林传记，并给下面的内容画了线：有时，这位天才会陷入黑暗，沉入内心的苦井。

这句话并没有结束。策兰选择没有给其余部分画线：但大多数时候，他的末世之星闪烁着奇异的光芒。

收到母亲的卡片几年后，我坐下来读狄

迪恩1968—1978年期间的随笔《白色相薄》（*White Album*）。我知道这篇文章的开头有这样一句话：我们为了活下去而给自己讲故事。我惊讶地发现，在第一段的结尾，文章已经开始转向——或者至少在一段时间内是这样的。接下来的篇幅记录了一种分裂，狄迪恩自己的分裂，以及文化的分裂。文章最后写道：写作还没有让我明白这意味着什么。

　　我确信母亲知道文章的结尾。她选择给了我开头。

在被害人接待室

1983年,行为艺术家琳达·蒙塔诺和谢德庆用一根约二十厘米长的绳子缠绕腰部把二人捆绑在一起,在没有任何接触的情况下,就这样生活了一年。

2005年7月22日上午,在陪审团离开进行商议后,我和家人坐在"被害人接待室"里,想起了蒙塔诺和谢德庆。一位名叫莉安的被害人权益倡议人给了我们一台信号蜂鸣器,一旦判决结果揭晓,蜂鸣器就会闪烁和振动。一旦蜂鸣器闪烁和振动,我们大约有三分钟时间进入法庭。法官不会等我们,因为出于对被告的礼节,陪审团一旦做出判决,结果应尽快送达。

以下就是表演内容:我的家人,包括我的外公、母亲、舅舅、舅母、母亲的新男友、埃米莉和我,每个人都设法赶到安阿伯出席判决,现在他们必须聚在一起,围着这台蜂鸣器,在一段不确定的时间内,不能离开法庭超过三分钟的距离,希勒告诉我们,这段时间可能从四十分钟到一个星期不等。

除了母亲、埃米莉和我这三位家庭成员之外,我们并不是一个特别亲密的家庭。在今天之前,包括我自己在内,没有人见过我母亲的新男友。但现在,我们必须像一个整体那样行动,一起进入法院咖啡厅,点了八份火鸡俱乐部三明治,一起围在法院顶层被害人接待室内的桌子旁吃三明治,房间内有扑克牌、儿童玩具、真皮沙发和几个月前的《纽约时报》。

莱特曼的家人没有被害人接待室的待遇。

他们也没有名叫莉安的被害人权益倡议人,也没有蜂鸣器。他们只能坐着、蹲着或睡在法庭外的走廊上或自动售货机旁的破旧U形沙发上等待判决结果。

我能感觉到,这次演出将是一场考验。如果持续一个星期,可能让人无法忍受。起初,我试着在沙发上入睡,希望能在昏迷中度过最初几个小时。当这一办法行不通时,我又试图打开几扇门外的一个紧急出口,但没有成功,因为这个出口看起来可能通向屋顶,我想着也许可以出去偷抽一口烟。我的母亲、埃米莉和外公玩了一把又一把金拉米纸牌。我母亲的新男友勇敢地离开了人群十分钟,在炎炎夏日去外面买了份最新的《纽约时报》。舅舅躺在沙发上酣睡,蜂鸣器就贴在他裸露的腰部上,这样如果它震动就会把他吵醒。

施罗德偶尔也会出现在房间里,我们认识的警探团队成员PJ、丹妮斯、邦德什和肯尼斯·罗切尔也露面了。接待室里没有足够的空间容纳我们所有人,所以他们不得不费劲地坐在专为儿童设计的小椅子和小凳子上,笨重的身体从色彩鲜艳的塑料缝隙间满溢出来。警探向我们介绍了他们的调查情况,我们不知道的是,他们的调查在整个审理过程中一直在进行。显然,鲁埃拉斯这几天一直在监狱里给PJ和邦德什打电话,向他们许诺自己能提供新的消息。鲁埃拉斯还打电话给莱特曼的律师,许下了类似的承诺。诸位警探称鲁埃拉斯为"撒旦",说到他时还会用手比画着恶魔小耳朵。"你从没见过比他眼睛更黑的人。"PJ摇着头说。他们说让他出庭作证是不道德行为,因为他是个病态的骗子。他们确信鲁埃拉斯什么都不知道,只是想找个机会逃跑。

时间一分一秒地过去。到了第四个小时,外公问我母亲的新男友是做什么工作的。他说:"画一个虚拟物体,比如圆柱体,然后使其在空间中旋转。"这个解释并不太能让人听懂。接下来，他试着向我们展示纸牌魔术来解释。他从一副扑克牌中随意翻牌，每次翻到的数字都比前一张牌大，就开始洗新的牌堆。他这样做了几次，然后解释说，决定这些牌堆如何重复出现的方程式与决定香烟点燃后燃烧速度的方程式是一样的。

她的新男友是一位理论数学家。他不处理数字，因为他有个搭档替他处理。他的工作就是提出正确的问题。他说话的时候，我感觉我们面前的是一位伟大的天才，也许，宇宙的奥秘比所有悬而未决的谋杀案加起来还要深奥。

"那么你所做的是如何帮助世界的呢？"我的舅母兴高采烈地问，她无疑希望香烟燃烧的速度能与肿瘤转移的速度，或北极冰盖目前融化的速度联系起来。

他笑着说："并不会。"然后开始重新洗牌。

这时，施罗德的手机响了，我们都听到了电话那头丹妮斯的声音："他们进来了。"

我们的蜂鸣器一直没响。

除了谋杀心理，我能想象的最糟糕的事就是走向自己的行刑场。包含这些场景的电影比其他所有类型的电影暴力加起来更让我心烦意乱。拉斯·冯·提尔导演的电影《黑暗中的舞者》（*Dancer in the Dark*）以比约克在绞刑架上载歌载舞地走向死亡作为结尾，看完之后我真的无法离开影院。我以为自己可能要被引座员抬出去了。这与我对死刑根深蒂固的反对有关，但显然不止于此。我就是无法忍受在知道自己还没准备好的情况下走向死亡。你的肠子乱了套，你的双腿变成了橡胶。

或许，这也是我无法忍受人类境况的另一种说法。佛教说："人生就像坐上一艘即将驶向大海并沉没的船。"的确如此。藏传佛教将死亡视作一个"良机",但你必须通过修行才能知道如何应对。你必须不断修行,因此,即使比如说你突然在近距离内头部中弹,或者即使比如说,你胸腔内的心脏在半夜爆炸,你也能立即做好经历中阴身①的准备。我知道我还没准备好,我很害怕我不能及时学会。如果我连试都不试,又怎么能学会呢?

当然,根据藏人的说法,最糟糕的情况是你可能会投生到饿鬼道或地狱道,不得不在轮回之轮中再转一圈。有时,这听起来并没有那么糟糕。

当我们匆匆走下法院楼梯,穿过走廊,进入法庭时,我的双腿变得像橡胶一样。我不知道为什么。我的生命并没有受到威胁,至少在基本的技术层面上,加里的生命也没有受到威

---

①在佛教中,亡者断气后至投胎转世前的一段历程称为中阴身。

胁。上帝保佑,密歇根州没有死刑。在我的家族中,没有人将自己未来的情绪稳定或幸福与定罪与否捆绑在一起。三十六年是一段很长的时间。虽然时间可能会滋长某些家庭对"正义"的渴望,但对我的家庭来说并非如此。我们都没有真正理解一个生命可以或应该为另一个生命"付出代价"的经济学。在过去的几个月里,我不止一次听到我的外公说,他宁愿让一个自由的莱特曼看着他的眼睛,承认自己杀了他的女儿,也不愿看到他在监狱里自称清白。在庭审过程中,我和我母亲都曾大声质问彼此,莱特曼是否应该通过做最好的父亲、祖父、女子垒球教练、护士之类的人,来为谋杀简(假设他杀了简)"付出代价"——当然,前提是他不再对任何人构成威胁。但施罗德、希勒和其他许多人都认为他绝对是个危险人物。韩国某处的某位十六岁女孩可能也这么认为。

也许我的双腿变得像橡胶，是因为莱特曼的妻子索莉，或是因为他们的子女，其中一个似乎还怀有身孕。或者是因为施罗德，他显然对这个案子倾注了全部心血，现在他塞给我一块心形的忘忧石，让我在陪审团进场时擦一擦，以求好运。

这时，之前还性格颇为快活的法警突然严肃得吓人。他警告我们，如果我们在宣读判决时表现出任何情绪，他将立即把我们赶出法院。他说，在可能判死刑案件中选择定罪还是无罪释放，对陪审团来说是一个异常艰难的决定，任何一方的痛苦号叫都只会让他们更加难以承受。

就在我们坐着的时候，陪审团主席站了起来。没有太多耽搁，他说他们已经做出了裁决。然后，他告诉法庭，他们认定被告，加里·厄尔·莱特曼，一级谋杀罪名成立。

法官对陪审团的服务表示感谢，然后他们

鱼贯而出。包括午餐时间在内,他们讨论了四个半小时。

他们身后的门一关上,我的家人就爆发出了超乎我想象的情绪。我只看了外公一眼,就完全颠覆了我之前对他心理的看法。这不是一张压抑、冷漠的老人的脸。这是一位父亲的面容,现在正因为动物一样的呜咽而支离破碎。我们轮流搀扶着他九十一岁高龄的虚弱身躯,他的身体在一阵阵浪潮中摇摇欲坠。不是解脱的浪潮,只是痛苦的浪潮,一种也许连他自己都不知道的古老的痛苦。然后,自二十多年前我外婆去世以来,我第一次听到他叫出我外婆的名字。"玛丽安应该在这里。"他抽泣着说。

我尽量不去看莱特曼的家人。我知道他们伤心欲绝。"正义"也许已经得到了伸张,但此时此刻,法庭上只是一屋子心碎的人,每个人都被自己特有的悲痛折磨着,空气中因弥漫着悲痛而变得沉重。

在整个庭审过程中,我和母亲每天都在抱怨法庭上出现的媒体,抱怨我们完全无法拥有"隐私"时刻,因为每当发生戏剧性、令人不安或暴力事件时,摄像机就会对准我们所在的长椅,使我们的痛苦与自我意识交织在一起。但在判决当晚回到吉尔家后,我们都围着观看六点新闻,怀着一种共同的莫名渴望,希望在屏幕上看到我们的经历。我们挤在客厅里,在电视频道间换来换去,等了大约一个小时,就等着相关报道出现。但并没有。相反,电视台正在播报两则不同的本地新闻:一则是一名三岁男孩在密歇根湖上玩滑水板,另一则是歌星艾瑞莎·弗兰克林的儿子在附近郊区偷自行车未遂被捕。

第二天晚上,我外公为我们大家在春湖乡村俱乐部预订了晚餐,他经常在那里打高尔夫球。春湖乡村俱乐部位于安阿伯以西几小时车程，靠近马斯基根，简在生命的最后一晚就是要去那里的。一到那里，我们就围坐在一张铺着白色桌布的宴会桌旁，旁边是一扇平板玻璃窗户，从窗户可以俯瞰高尔夫球场。雷暴即将来临，球场上空无一人。我们都点了俱乐部特供的比目鱼。晚宴的基调很难把握，我们是否应该祝酒？我们是在庆祝吗？我们怎么能庆祝一个人在悲惨监狱系统中的悲惨一生呢？晚餐进行到一半时，我借故离开，假装要去洗手间，却转到了外面。我漫步走向高尔夫球场，闪电警报的低沉哞叫声正在那里嗡嗡作响。莱特曼一家今晚在哪里？他们在吃什么？大雨开始扫过青山。我克制住躺在草地上的冲动，感觉草地在我眼前变成了泥地。

几周后，在即将成为我们最后一次的谈话中，我爱的男人告诉我，我去参加庭审时，他在雷雨中到湖里游泳，他在那里突然感觉到，也许我们的命运就是在同一时刻被闪电击中,从而使我们现在所处的痛苦混乱在同一时刻烟消云散。他说这话时,我把电话贴近耳朵,仿佛要把他的声音印在我大脑的黏土上。我又一次看到了这片湿漉漉的绿色和泥地,听到了警报的低沉嗡嗡声。

乡村俱乐部晚宴后的第二天清晨,天刚蒙蒙亮,我就开车送母亲、她的新男友和埃米莉去了底特律的机场,好让他们一起飞回加利福尼亚。我看着他们的身体和行李通过玻璃滑动门消失在航站楼里,我把车从路边开走,绕了一个圈子,回到高速公路上,然后漫不经心地飞驰了一段时间,直到我意识到我不知道自己在哪里,也不知道自己要去哪里。我该怎么回家呢?我应该往北走,穿过加拿大吗?要不要去俄亥俄?中心镇是家吗?我的衣服、盘子和书都在那里,但除此之外,我真的不在乎是否还能回去。我在那里的工作结束了,我在那里的爱情也结束了。当我想起东海岸时，我看到的只是一片洞穴般的黑暗，就像夜里的博物馆，闪烁着一束束蓝白色的光，那是曾在不同的卧室、酒店房间、绿荫道、树林和汽车里洒过的眼泪和精液的痕迹。

　　我把车停在高速公路路肩上，在旅行轿车里翻找我那本破旧过时的道路地图册，找到时，我发现它可能是西里尔文的。我的脑子不太对劲。我应该去尼亚加拉大瀑布吗？蒙特利尔？阿克伦？我父亲不是有个弟弟曾经住在阿克伦吗？我父亲的其他兄弟姐妹、我其他的姑姑和叔父在哪里？自从二十多年前父亲的葬礼之后，埃米莉和我就再也没有见过他们，也没有和他们说过话。他们在那里吗？父亲的父母呢？我知道他母亲不在了，她在我父亲去世的前一年死了，享年六十岁。那他父亲呢？我想他是第二年去世的，年纪也不是很老，但我只是猜测。他们的死因是什么？在我的记忆中，我父亲的父亲死于悲痛，失去妻子的悲痛，然后是失去最心爱的儿子。我的一个堂兄弟不是在几年后浇上汽油自焚了吗？他后来怎么了？简为什么就不能自己开车回家？难道她只是没有自己的车？1969年时，女人有车吗？

　　我把头靠在方向盘上，感觉我的汽车外壳随着每一辆疾驰而过的汽车发出的轰鸣声而颤抖，我腿上的地图也在颤抖。致命的旅程。轰。踏入光明之旅。轰。如果我在醒来之前死去。轰。迅速而圆满的结局。我开始哭泣。无处可去。

黄金时段

审判结束几周后,我回到东海岸,开始重新打包装车。每天我都会多带几样东西出门,把维生素塞进前排座位的杂物箱,把一瓶威士忌和几条毯子一起塞进篮子,把锅碗瓢盆塞进座位下面,直到公寓慢慢变得空空荡荡,车子变得满满当当。

"哦,加利福尼亚,你会接受我现在的样子吗,我又被一个男人迷得神魂颠倒。"琼尼·米歇尔在这首我唱了一辈子的歌里这样唱道。我开始唱这首歌时,还不知道加利福尼亚之外还有世界。十五年来,每当从纽约飞来的飞机降落在加利福尼亚的土地上,我都会唱起这首歌。通常,我是又被男人迷得神魂颠倒了,但在我心中,纽约才是那个最重要的男人,是他让我欣喜若狂,又让我痛苦不堪,但我从不相信自己有勇气离开。而现在,突然奇怪的是,我要离开了。我要搬去洛杉矶。这似乎是个和其他地方一样好的地方。我没有计划好路线,我的计划只是把车向西开,把自己交给上帝的恩典。我有些怀疑自己能否到达那里,也有些不在乎。"加利福尼亚,我要回家了。"

但在离开之前,我同意在这座城市的最后一天,再接受一次《解谜48小时》的采访。

天气炎热,雾气蒙蒙,正是夏季最热的日子。我和摄制组在苏豪区的一处空厂房里碰面,黑色绉纸钉在拱形窗户上,让室内显得阴暗凉爽。我享受着凉爽的空气和免费提供的希腊沙拉午餐,但采访本身并不轻松。采访持续了几个小时,记者很聪明,问的问题比我预想的要难得多。

有一次,她问我,在写《简》的时候,有没有停下来想过,为什么会发生类似"密歇根谋杀案"或我姨妈案子的凶案。

她指的是连环谋杀吗?施加折磨后谋杀?随机谋杀?奸杀?只是普通老套的男人杀女人?

"当然,"我回答,回想起教科书《性谋杀:精神病性解离和强迫性杀人行为》就像一颗脏弹,整个冬天都放在我"如家客房"的书桌上,"但我觉得这不是个合适的问题。"

她没有回答,于是我又补充了一句:"问题的答案似乎显而易见。"

这时,她开始发问:"既然如此显而易见,那么告诉我们,他们为什么要这么做?"

"记住:问题不是证据,"法官在庭审一开始就这样告诉陪审团了,"只有答案才是证据。"

我即将脱口而出的答案很简短:"因为男人憎恨女人。"但我不能在全国播出的电视上这么说,否则就会显得我是一个憎恨男性的狂热女权主义者,而且这也不是我的真实意思。詹姆斯·艾尔罗伊可以在《我心中的阴影》中这样说:"所有男人都憎恨女人,他们在每天的玩笑和打趣中提到了各种经得起推敲的理由。现在你知道了。你知道世界上一半的人都会宽恕你正要做的事。看看那个红发女人的眼袋。看看她的妊娠纹。她又把那块阴道抹布放回去了。你的座套上都是她的血——"

在我的成长过程中,我的外公曾多次对我说:"男人是动物。"以至于我开始怀疑他在进行某种隐晦的个人忏悔,还是仅仅在哀叹他所从属的那个族群。

"最令人恐慌的凶手杀人只有一个原因——他们自己的乐趣。"《杀戮取乐》

(*Killing for Pleasure*)节目开头的画外音如是说。《杀戮取乐》是历史频道的一档节目，1月听证会结束几天后，我在朋友的公寓里浏览电视频道时偶然看到了这个节目，令我大吃一惊的是，这个节目介绍了"密歇根谋杀案"。结尾的画外音用一种更适合就职演说的宏大气势说，尽管约翰·柯林斯和节目中出现的其他强奸杀人犯各不相同，但他们都有一个共同点："古希腊人和古罗马人的嗜血本性。"结束镜头是竞技场。

我能说什么呢？男人憎恨女人，男人是动物？"从本质上讲，色情领域就是暴力和侵犯的领域？""我们生活的社会中确实存在胆怯和残忍之人？"或者，反过来说："天哪，我不知道——我怎么可能理解人类自古以来对彼此做出的病态、堕落、畸形之事？还不如将其归结为'古希腊人和古罗马人的嗜血本性'。"这两种答案都出自一个剧本，一个我想要摆脱的剧本,一个有两种同样懒惰结局的剧本,这两种结局一个是愤世嫉俗,一个是抱持怀疑。两者都不对,都不够好。

在开始采访之前,我曾徒劳地询问记者,她是否认为我应该化点妆,这样在镜头前会更好看。我来的时候没有化妆,以为他们想给我化个妆。

她告诉我不用担心,如果我不好看,他们就不会拍我了。

"这是黄金时段的节目,"她对我眨眼示意,"没有黑人,没有坏牙齿。"我惊恐地愣住了,然后努力配合她的玩笑。

"连长得好看但牙齿不好的白人也不行?"

她笑着摇摇头,调整麦克风。

"那牙齿好看的黑人呢?"

她又笑了,对着镜头示意我们可以开

始了。

我的内心却笑不出来。我坐在这里,是为了让简·米克瑟加入琼贝妮特、伊丽莎白·斯马特、莱希·彼得森、钱德拉·利维、娜塔莉·霍洛薇的"本周死亡白人女孩俱乐部"吗?难道从播出时间来判断,这些女孩的生死显然比所有遭遇谋杀、失踪和受苦受难的棕色人种加起来还要重要吗?

我坐在这里,是因为我曾经乃至现在都想要让简的生命变得"重要"。但我不想让它比别人的生命更重要。几个月后的今天,我坐在洛杉矶,写下这一切,是因为我想让自己的生命变得重要吗?也许是的。但我不想让它比别人的生命更重要。

我想记住,或者想了解,如何活出生命的重要,哪怕所有的生命都举足轻重,即使所有的生命都微不足道。

采访结束后,摄制组问我是否愿意带他们游览城市,并指出一些写作《简》时对我非常重要的地方。黄昏时分,我们来到纽约公共图书馆总馆,我在馆外的大理石台阶上又回答了几个问题。第五大道开始在我们周围热闹起来,已经到了高峰时间,一派慵懒、潮湿的阴雨夏日景象。是的,我就是在这里第一次调查姨妈的故事。是的,这就是我第一次开始探究其深层奥秘的地方。

自恋的快感是巨大的。长期以来,我一直独自关注的故事突然引起了摄制组的兴趣。多年来的冲动、困惑和伤害突然凝结在一起,在台阶上,在摄像机的灯光下,在好奇的路人眼中,成为一个故事。而且不是普通的故事,是"抗争与希望的故事"。我是这个故事的主人公,也许甚至还是一位勇士上师。

但站在台阶上,我却觉得自己是个骗子。在我的脑海中,碎片四处翻滚。子弹很久以前就把骨头打碎了。现在只剩下一堆铅碎片,在玻璃瓶里咯咯作响。没有确凿的犯罪证据。

记者和我当时都不知道,仅仅几周后,卡特里娜飓风就将撕裂新奥尔良的堤坝,迫使哥伦比亚广播公司取消了几周的《解谜48小时》节目,取而代之在黄金时段播出的是成千上万长着坏牙的黑人面孔——他们绝望,他们惨遭州政府抛弃,让人们立刻清楚地意识到,他们的生命有多重要。

当天深夜,我回到位于肉类加工区的时尚酒店,哥伦比亚广播公司慷慨地为我安排了住宿。我顺便邀请了几个朋友来酒店的顶楼酒吧一起道别,但我事先并不知道酒吧里满是醉醺醺的时装模特,穿着白色亚麻套装,喝着18美元一杯的亮蓝色鸡尾酒。

酒吧里太吵了,不适合聊天,所以我们最

终放弃了，便蹲在矮凳上看着美人们各自忙碌。最有趣的场面，是三位大胸金发女郎在一群犹太教哈西德派的男人面前大跳艳舞。等金发女郎们扯下那些男人的圆顶小帽并戴在自己头上时，好戏才真正开场。哈西德派教徒认为这场面很滑稽，用手机的数码镜头拍下了几张戴着圆顶小帽的半裸女子的照片。

我的一位朋友指着眼前的场景举杯说道："生活就是一场歌舞表演，快来歌舞厅吧。"

叔本华写道："你也可以把我们的生活看作一段插曲，它无益地扰乱了虚无的安宁平和。"

最后，我乘电梯下到房间，躺在一幅和墙一样大的名模凯特·莫斯镶框玻璃画像下入睡。

开放谋杀

"这次审判对这两个家庭都是一种巨大的伤害。"

莱特曼的律师在结案陈词一开始就这样说道。他接着说，莱特曼是一位父亲，也是一位外公，他被从自己家中强行带走，但他的家需要他，爱戴他，他在不能保释的情况下被关押了数月，然后被迫为几十年前的一起与他毫无关系的谋杀案接受审判。与此同时，我的家人被拖入了痛苦的煎熬之中，旧的伤疤被揭开，无疑会给我们带来更多的不确定、更多的痛苦和更多没有答案的问题。独白结束后，他走到陪审团席前，戏剧性地问："为什么是简？"为了强调他的当事人没有明显的杀人动机，他又重复了好几遍："为什么是简？为什么是简？就好像我们家从来没有人提出过这个问题似的。"

"这一切都说不通。"他摇着头得出结论。

他几乎每一句话都说得没错。

在结案陈词中，希勒一如既往地面无表情、一丝不苟。但在这种严肃的陈述中，他又加入了手势，精心模仿凶手如何将简从汽车副驾驶的位置抱起，并将她放在墓地里。他试图让陪审团直观地感受到莱特曼的皮肤细胞是如何以及为什么会在连裤袜的某些部位脱落，他的双手沾满了含有肾上腺素的汗水，以及杀人、搬运和拖拽的体力消耗。在整个表演过程中，希勒仿佛是在抱着假想的新娘跨过门槛，或是在哄鬼魂上床睡觉。

三十六年后,这桩案子开始重新审理,那感觉就像失去了简,但不止一次,而是两次,我的外公在"受害人影响"声明中写道,声明的开头写着"致有关人士"。2005年8月30日这一天,莱特曼被判终身监禁,不得假释,而希勒在当日的判决中大声朗读了外公的这篇只有208个单词的简短声明。

这一天,莱特曼打破了长久以来的沉默,说道:"我觉得没有必要,即由我向米克瑟的家人道歉或表示任何悔意。正如米克瑟医生在信中提到的那样,去年7月,我不得不再次经历这场审判,听到那些令人毛骨悚然的证词,看到那些令人毛骨悚然的照片。这是多么可怕的感觉。但我也想说,我是无辜的,我会尽我所能通过司法系统对我的定罪提出上诉。我想这就是我要说的。"

"总有一天,当这一切都结束后,我很想和你及你的家人坐在一起,把这团乱麻都理清。"施罗德在一开始就这样对我说。但是，尽管来自不同机构（伊普西兰蒂的暴力犯罪小组、密歇根州警察局、利文斯顿和沃什特瑙缉毒队的重案组等）的一百多人付出了艰苦努力，警方和控方最终还是没能发现莱特曼、鲁埃拉斯和简之间的任何联系。辩方对兰辛实验室百般刁难，但始终没有任何令人信服的证据证明实验室存在失误或污染。没有人知道四岁"小约翰"的血是怎么滴到简的左手背上的。莱特曼很可能会在监狱里度过余生，他声称自己从来不认识简，从来没有碰过她，也不知道自己的DNA怎么会"大量"遍布她的连裤袜。截至2006年7月11日，他的第一次上诉被驳回。这团乱麻永远都理不清了。

宣判几周后，我外公发现他还在熬夜观看一档名为《铁证悬案》（*Cold Case*）的电视节目。这一集与得克萨斯最近发生的一连串谋杀案有关。节目结束后，他打电话给我母亲，表达了他的担忧：也许是这个来自得州的男人真的杀了简，也许莱特曼根本就不是凶手。外公说他想和施罗德谈谈这件事；我母亲温和地劝阻他不要这么做。

2005年11月，在《致命搭车》播出的第二天，我收到了一封来自我父亲一位兄弟的电子邮件，如果他就坐在我的客厅里，我不知道还能不能认出他来。他在信中写道："希望这至少能给米克瑟一家一个了结。真希望我们能对你父亲的死有更多了解。医生对他死因的猜测并没有什么依据。"医生的猜测？我立即回信询问，父亲的死是否存在某种我不知道的疑点。但我再也没有收到回信。

最初拘留莱特曼的指控是"开放谋杀"，陪审团将其改判为"一级谋杀"。当我第一次听到"开放谋杀"这个词时，我不明白这是什么意思。我以为自己听错了警察的话。但现在我知道，"开放谋杀"是故意模糊的指控。它的本质意思是,没有故事的谋杀。

假设莱特曼"知道一切",即使他会"说出一切",不管这意味着什么,或者他不会永远隐瞒他了解的一切——对我而言,"开放谋杀"可能仍然是更准确的指控。这种行为的不连贯、其所造成的痛苦,这些都是不容讨价还价的。

然而,他的律师还是错了,因为他认为审判是一种伤害。

上帝之手

2005年3月,在施罗德上年11月的电话和莱特曼7月的审判之间,我决定前往密歇根,在安阿伯的一家书店举办一场《简》的朗读会。我在一个严寒的早晨飞往底特律,在机场租了一辆车,然后在附近找了一家便宜的汽车旅馆过夜。

入住汽车旅馆后,我发现自己不知道当天该做些什么。密歇根给我的感觉一直是阴森恐怖,会引起人的幽闭恐惧。虽然我只在这里停留了两个小时,但我已经有了逃离的冲动。为了让自己融入这一天,我给施罗德打了个电话，约好下午在伊普西兰蒂的州警察局见面，然后在朗读会之前在安阿伯与他共进晚餐。

我花了上午的部分时间，开着租来的汽车在密歇根大学周围转悠，看着穿着兜帽大衣的大学生在校园里穿梭。我驶过令人印象深刻的石砌法学院建筑群，简去世时就住在这里，我父亲也曾住在这里。他于1968年从密歇根大学法学院毕业，就在简入学前几个月。我无法想象他在这里的样子，但我知道他的鬼魂一定也在这里走过。

然后，不知道自己在做什么，我就沿着12号公路离开了小镇，这条路通往登顿公墓。

大约三年前，我为《简》做研究时曾来过这里一次。那次探访属于我和母亲那次痛苦而又重要的旅行，在此期间，我们尽我们（或者说我）的所知，追溯了简最后时光的轨迹。和母亲一起去登顿公墓是有意义的。能陪她去一个她一直想去却又不敢独自前往的地方，感觉像是在提供服务。

行驶在灰色的高速公路上,我想起了曾经在网上找到的一篇关于"密歇根谋杀案"的小说,是一篇文笔拙劣的恐怖故事,令人毛骨悚然。女性叙述者和她的男友走访了所有发现女孩尸体的地点。在他们一起去的最后一个地方,男友暴露了自己的凶手身份,并在那里杀了她。读到这篇故事时,一想到有人为了写一篇与自己毫不相干的谋杀案的拙劣作品而跑到这些地方调查,我就觉得恶心。然而,我却在这里,开着租来的车,来到同一处地点,感觉同样陌生。

上次我走这条路时,墓地很难找。那里只有一小块锈迹斑斑、容易被忽略的金属标志。这次我惊讶地发现,他们在这里"做了工作"。从主干道上可以看到崭新、整洁、清晰的标志。南希·格罗曾羞于穿过、我和母亲也曾一起穿过的旧钢丝网围栏也被换掉了。

在通往墓地入口的碎石路上，我被一辆垃圾车甩在后面，这辆垃圾车在街上一路走走停停。我停好车，下了车，一动不动地站在新围栏边，盯着泥泞的地面，两个垃圾工在余下的路程中一直狐疑地回头看着我。

我和母亲刚到这里的时候，这里还阳光明媚，田园气息浓郁，空气中弥漫着夏虫的嗡嗡声。现在却突然阴云密布，天寒地冻。我觉得自己像个闯入者，一个偷窥狂，但什么也没看到。

我之前说不出，现在同样说不出这个地方对我而言意味着什么，尽管这里空空如也。对我个人来说，没有母亲，没有"家族故事"的解释庇护。我知道施罗德也曾多次独自来到这里，以警探的身份思考简可能遭遇了什么，但我猜想，还有其他原因，对他来说，这些原因可能和我自己的原因一样深不可测。

不过，有一点我觉得很清楚。一想到要把

一具尸体从车里拖出来，丢弃在这个寒冷阴森的地方，我就觉得异常残忍。我停留的时间久得足以获得这样的感悟，随后我回到车上，开车去和还在工作的施罗德会合。

服务台的一名警察通过对讲机通知施罗德我到了。他正在楼下开会，我听到他开玩笑地说："我们快下班了，别让她出来，把她身后的门锁上。"

可以想象，州警察局的暴力犯罪小组是那种一进门就会让人感觉被锁住的地方。在等待的半小时里，我听着服务台的警察接听来电，记录着一连串令人震惊的虐待事件。"对，是一起严重的家庭暴力事件，是重罪，因为他有枪，然后呢？他用手枪抽打了她多久？四个小时？是啊，他会搞得挺久，他有家暴史，现在我们又要在此基础上加上一起了。好的，听起来不错，回头见。"

当我不想听的时候，我就会走到整面墙大

小的密歇根地图前，漫不经心地记下密歇根动植物的细枝末节：州鸟，知更鸟；州树，白松；州鱼，溪鳟；州土①，卡尔卡斯卡。

终于，施罗德让我进去，并带我在大楼里转了一圈。走廊里有几个警察问我是不是"素描画家"，我以前从未想过这一身份，但一时听起来颇有吸引力。

参观的其中一个房间便是施罗德的办公室。他的办公桌上方有一张从二十世纪六十年代的报纸上剪下的"密歇根谋杀案"受害者照片。多年前，我在纽约布鲁克林的阁楼公寓里也曾把同一张照片钉在办公桌上方。他书桌的左侧有一个高高的架子，上面放着几个纸板证物箱。过了一会儿，我才意识到这是"密歇根谋杀案"中每个案件的证物箱。每个箱子的侧面都用马克笔大大地写着女孩的姓氏：弗莱萨、

---

①指对该州有特殊意义的土壤。

谢尔、斯凯尔顿、巴索姆、卡洛姆、贝恩曼。

我感到哭笑不得。这感觉就像电影《夺宝奇兵》(*Raiders of the Lost Ark*) 的最后一幕,当极为重要、具有毁灭性的圣物约柜装箱后,一个吹着口哨的看门人将其推入一间装满相同木箱的巨大仓库,糊里糊涂地把这件神秘之物再次隐匿。只有上帝才知道这些箱子里装着什么——什么尚未解码的"细胞沉淀物",什么干血碎片,什么整套衣物,什么这些女孩身体和生活中其他随意而又令人难受的纪念品。

这次参观还包括一个小房间,里面摆满了外部凹陷的文件柜。施罗德告诉我,每当他对人们互相做的那些乱七八糟的事情感到愤怒时,他就会用拳头砸这些文件柜。我说不清这是忏悔还是表演,或者两者兼而有之。

我们开着各自的车前往安阿伯,在书店对面一家昏暗的餐厅碰头,我稍后要去书店进行朗读会。我们每人点了汉堡包。然后,施罗德告诉我，在调查简的案件期间，他要与许多恶魔对抗。他结束了一段糟糕的婚姻，戒了酒，爱上了另一个人，并开始关注自己的健康，因为他的健康出现了严重问题。他拿出钱包，给我看他新女友的照片，她是一位名叫卡罗尔的社会工作者，她有两个孩子，施罗德说他和孩子们在一起过得很开心。他特别喜欢和他们在游泳池里玩。

他告诉我，在过去的几年里，他一直用一张简的照片作为电脑的屏保。这张照片很可能是简在法国做交换生时拍的。照片来自警方1969年搜查简在法学院的房间时发现的胶卷。警探在她被害后的几天内冲洗了胶卷，然后在其中寻找蛛丝马迹。虽然没有找到任何线索，但施罗德最终得到了简的这张精美照片。他说他很高兴能有一张这样的照片，因为这张照片与他花了大量时间处理的简档案中的犯罪现场和尸检照片差别如此之大。他说他在审问莱特曼时给他看了这张照片,希望能让他崩溃。崩溃并没有发生,但施罗德发誓说莱特曼似乎受到了惊吓。

施罗德说他不想吓到我,但他想让我知道,简的鬼魂不止一次在半夜来找他。他清楚地听到了她的声音。他相信她的鬼魂回来了,除了为调查引路,还改变甚至拯救了他的生活。事实上,他相信所有与简的案件有关的事情,包括我的书,以及我们此刻坐在一起,在这张黏糊糊的酒馆桌子旁,这些都是由"上帝之手"指引的。

我想起施罗德曾给我母亲发过一封电子邮件,结尾是这样写的:"我们为你工作。其实,我们总是说我们为上帝工作(真的,只要让我给你看看我右臂上的刺青你就明白了),但我想你明白我的意思。"

我一边听他说话,一边饶有兴趣地点点头,一边吃着汉堡包,同时感到有些不安。我的脑海里一直浮现着这样一幅画面：简的鬼魂穿着雨衣，赤褐色的头发被婴儿蓝色的头巾束起，脸上沾满血迹，她在深夜里对这位身材魁梧、面色红润的警察低声说话。想着无论他听到简说了什么或者他听到了什么，都是他需要听到的，都是对他个人和职业生涯的鞭策，我很想借此来让自己找回理智。但在他说话的同时，我也想起了在创作《简》的过程中，尤其是刚开始的时候，我感觉到有一种存在与我同在，尤其是在我的梦中，虽然我不能称之为鬼魂，但肯定是一种存在，一种非常"我"也非常"非我"的存在。

不过，我还是不确定施罗德心中的简是谁，我笔下的简又是谁，或者说二者之间有什么关系。不管她们是谁，也不管她们是什么，我无法想象她们与简本人有多少相似之处。

有一次，在朗读完《简》之后，观众中有人走过来对我说，她觉得我把姨妈的名字改成简的做法很酷，这样我姨妈就可以变成"某女"①，一个普通的简，一个无所不能的女人，一张可以投射所有希望和恐惧的白纸。

从智识上讲，我对这位女士说的话很感兴趣，但把一个人变成一张白纸的想法让我感到恐怖。这似乎是另一种形式的暴力。我并没有给简改名字，但回家后我还是在想，我是否犯下了某些未遂但严重的错误。

就在审理即将开始前不久，施罗德将因严重的溃疡住院，因其可能演变成胃癌而引起恐慌。他的上司会以健康问题为由，将他从简的案件中调离，但也提到他的"客观性能力"受到了质疑。我和母亲会感到失望，但并不惊讶。审判结束后，施罗德会向卡罗尔求婚。他们会邀请我们参加婚礼，婚礼将在莱特曼获罪一周年之际举行。

---

① 英文中以"Jane Doe"来指代法庭上隐匿身份或不知姓名的女性当事人。

不过，这些都是后话了。现在，施罗德陪我从餐厅前往朗读会，他本想参加朗读会，但看到光线明亮的书店里，折叠椅上坐满了人，便婉言谢绝了。这样也好。朗读会让我古怪地感觉情绪起伏和缺乏安全感，朗读会有时就是会这样。朗读会结束后，当我驱车前往昏暗的汽车旅馆时，感觉到会在朗读会后降临的熟悉孤独感悄然袭来，而身处简的生死之地的阴森又放大了这种孤独感。

我躺在床上，打开汽车旅馆的电视，希望能尽快入睡，明天一早就离开密歇根。然而，我发现自己却沉迷于深夜播出的《法律与秩序》，毫无困意。故事的主线涉及一个连环强奸犯，他的标志性杀人手法是把别人勒死；遭他袭击后幸存下来的女性在法庭上作证时，其颈部都有环状的红紫色部分，那是强奸犯勒杀时留下的瘀伤。

照片6：

没有脸或身体。只有肉体的近景特写，白色的肉体上有一道深色的印痕。我们花了好一会儿才认出这是一张颈部的照片，是剪掉丝袜后的简的颈部。这就是希勒警告过我们的那张"印痕极深"的照片。照片中，简的颈部看起来就像一个沙漏，中间被挤压的部分细得难以想象，就像卫生纸筒一样细，完全不像颈部。

这是你能挤压的最深的地方了。如果你再挤下去，颈部就会断掉。

当我入睡时，不出所料很快就做起了噩梦。这是一个反复出现的噩梦，和许多噩梦一样，一开始梦境很美丽。在这个梦里，我在一片闪着金色的蔚蓝壮阔大海中游泳。我的母亲站在岸边。海浪刚开始很小，但很快就越来越大，把我卷向海中。当我回头看向海岸时，母亲只是一个黑点。接着,她就不见了。我立刻意识到,她帮不了我,我只能这样死去。

我很熟悉这个梦。不仅因为它反复出现,还因为它重述了我童年时险些溺死的经历。那时我父亲刚刚去世,尽管我们都惊魂未定,但我母亲和她丈夫还是决定让我们继续几个月前就计划好的夏威夷之旅。他和前妻生的六岁女儿和我们一道,整个旅程她都因为神秘的过敏反应而满身红斑,病恹恹的。我母亲和她丈夫坚称这种过敏反应是由我们在岛上第一晚一起吃的凤梨比萨引起的。

在这次痛苦的旅行中,有一天我们驱车前往一处偏僻的黑沙滩。多年在太平洋游泳的经历让我觉得自己所向无敌,毫不畏惧夏威夷可能会向我袭来的任何激流,我迅速跳入水中。

游了仅仅几分钟后,我回头看了看岸边,发现我的新"家庭"成了海面上的一个小点。然后,就在感觉几秒钟的时间里,我发现自己撞上了小海湾远处的几块巨大的嶙峋岩石。每个巨浪都把我击倒，把我钉在那里。我喘不过气来。低头一看，我发现自己的双腿鲜血直流。

尽管此刻一片混乱，我却感觉缓慢而漫长。在这一刻，我第一次意识到，我的父亲已经死了。我还意识到，母亲无法挽救我的生命，现在救不了，永远都救不了。我感到一阵平静，听到了嗡嗡声，心里想："这就是结局。"

我从噩梦中醒来，发现自己躺在冰冷的汽车旅馆房间里：加热器不知道在夜里什么时候坏了，扇叶正向房间里输着冷风。

起初，我试着在汽车旅馆的破被子下取暖，想着我爱的人。当时他正在欧洲旅行，因此联系不上。我那时还不知道，当我躺在床上时，他正和另一个女人一起旅行。现在，这还重要吗？我当时却努力想象他紧紧环抱着我身体的感觉。

接下来，我试着想象我曾经爱过的每一个人，以及曾经爱过我的每一个人，想象他们环抱着我。我试着感觉自己是所有这些人的综合体，而不是独自身处底特律郊外某家破汽车旅馆里，加热器坏了，距离简在三十六年前被抛尸的地方只有几公里远，那夜和今天一样也是3月的夜晚。

艾琳·迈尔斯[①]写道："在你能承受的范围内，需要着彼此，无论你走到世界的何处角落。"

那天夜里，我感受到自己狂热地需要着所有这些人。独自躺在那里，我开始感觉到，也许甚至开始知道，我的存在离不开我对他们的爱和需要，也许，他们的存在也离不开他们对

---

①艾琳·迈尔斯（Eileen Myles，1949—），美国诗人、作家，2012年古根海姆奖得主。

我的爱和需要。

对于后者,我不太确定,如果这个等式是双向的,便似乎是可能的。

睡梦中,我想:"也许对我来说,这就是上帝之手。"

尾声

一场巨大的雷暴向城镇席卷而来。我和母亲坐在吉尔家用纱窗围起来的门廊上,轮流抽着一支烟。天色渐渐暗下来,天空开始响起雷声。雨水随后而至,直接下起倾盆大雨。

也许是我在加利福尼亚长大的缘故,我很容易被雷电吓到。在我看来,这似乎是末日即将来临的征兆。但我母亲喜欢大风暴。我们在借住房子的门廊小网箱里度过了这次暴风雨,就像被关进了放入深海的笼子,得以免受任何可能撞击笼子的塌鼻子鲨鱼的伤害。

我们就当天在法庭上发生的事情交换了看

法，香烟形成的橙色樱桃大小光点在黑暗中晃动，我母亲的脸不时被紫色的闪电照亮。然后，我们轻轻地、小心翼翼地，就像用舌头试探一颗疼痛的牙齿一样，开始谈论尸检照片。也许不经意地在编织有序的柳条家具上谈论这些照片，会驯服它们的力量，它们的混乱无序。

我提起在轮床上拍的第一张照片，那张照片拍到了简苍白的腋窝。

"她在那张照片里看起来真美。"我母亲徒然伤感地说。

我立刻就想反驳，部分是出于习惯，部分是因为这听起来像是想从一卷宣传照中挑出最好的。不过，跟母亲争论也没什么意义。简的侧脸很平静，嘴角微微上扬，年轻的皮肤散发着光芒，可能是法医的相机闪光灯发出的光，但还是让她的皮肤像文艺复兴时期画作中的神一样散发着光芒。她在那张照片中看起来确实很美。

我母亲接着说，当她在殡仪馆见到她妹妹时，简已经不像她自己了。她的样子陌生，臃肿，像死了几天的外星人。但在这张在简被杀后几小时内拍摄的照片中，母亲认出了她。即使她头上有深色的弹孔，即使她的头发上沾满了湿的和干涸的血迹，即使丝袜深深嵌在她的脖子里，但母亲还是认出了她。母亲说再次见到简，她很高兴。她说很高兴看到终于有了结果。

在我们睡觉前，她会打开吉尔家所有的窗户，这样我们就能真正听到雨声了。

父亲去世当晚，我从未进过他的卧室，但母亲问过我是否想在火化前看看他的遗体。我说我想。我们默默驱车前往殡仪馆。

母亲把我领进房间，父亲的遗体躺在台子上，经过防腐处理，穿着他的其中一套商务正装。她问我是否想和父亲单独待一会儿。我回答想，于是她便离开了，关上了身后的门。

这是我一直在等待的时刻,是传达他已不在这一确凿事实的时刻,是揭示秘密的时刻,这个秘密将让我放手,让我告别。

母亲一关上门,我就觉得完全慌了神。我疯狂地扫视着房间,就像冻原上的北极熊幼崽突然与它的族群失散,而且可能是致命的失散。我在灯光考究、布置典雅的房间里寻找藏身之处。红色天鹅绒沙发床似乎可以。没有人会找到我。最终我会消失得无影无踪。

但是,消失并不是当务之急。眼下的任务是接近我父亲的遗体,我迟早会这样做的。他戴着眼镜,看上去平常但又很怪异,因为我知道他不再需要眼镜了。他的双手叠放在胸前,指尖呈深紫色。父亲看上去正努力板着脸,似乎下一刻马上就要跳起来叫停整件事。"直到证明不是之前,我就是不朽的!"我看了他很久,确定事实并非如此。然后我对父亲说我爱他,吻了他的脸,最后走出了房间。

资料来源

参考文献

乔治·巴塔耶,《色情》(*L'érotisme*)

萨缪尔·贝克特,《终局》(*Endgame*)

安妮·卡森,《红的自传》(*Autobiography of Red*)

安吉拉·卡特,《染血之室》(*The Bloody Chamber*)

佩玛·丘卓,《转逆境为喜悦》(*The Places That Scare You*)

琼·狄迪恩,《白色相薄》(*The White Album*)

詹姆斯·艾尔罗伊,《我心中的阴影》(*My Dark Places*)

约翰·费尔斯坦纳,《保罗·策兰传》(*Paul Celan: Poet, Survivor, Jew*)

爱德华·凯斯,《密歇根凶案录》(*The Michigan Murders*)

托马斯·默顿,《没有人是一座孤岛》(*No Man Is an Island*)

琼尼·米歇尔,歌曲《加利福尼亚》(*California*),收录于专辑《蓝》(*Blue*)

迈克尔·S. 摩尔,《为报应主义观点辩护》(*A Defense of the Retributivist View*),收录于选集《什么是正义?》(*What Is Justice?*)

艾琳·迈尔斯,《致92级学生》(*To the Class of '92*),收录于《马克斯菲尔德·派黎胥:新诗与诗选》(*Maxfield Parrish: New and Selected Poems*)

布鲁斯·尼尔森,《文集》(*Papers*)

亚当·菲利普斯,《温尼科特》(*Winnicott*)

柏拉图,《理想国》(*The Republic and Other Works*)

阿图尔·叔本华,《随笔与箴言》(*Essays and Aphorisms*)

保罗·施拉德,《出租车司机》(*Taxi Driver*)剧本

弗吉尼亚·伍尔夫,《存在的瞬间》(*Moments of Being*)

网站资料

美国公民自由联盟，www.aclu.org
取消死刑公民联合会，www.cuadp.org
"关键抵抗"组织，www.criticalresistance.org
死刑信息中心，www.deathpenaltyinfo.org
美国法律、医学和伦理学会DNA指纹和公民自由
　　项目，www.aslme.org
"新闻报道中的公平与准确"组织，www.fair.
　　org
"鼓动！有色女性反对暴力"组织，www.incite-
　　national.org
无罪计划，www.innocenceproject.org
正义计划，www.thejusticeproject.org
谋杀被害人家庭人权促进组织，www.mvfhr.org
360度：美国刑事司法系统透视，www.360
　　degrees.org

致谢

感谢你们：P. J. 马克、莉丝·斯坦恩、马里斯·克莱兹曼、埃姆拉·布鲁克斯、布莱恩·布兰奇菲尔德、马修·夏普、苏珊·斯耐德、韦恩·克斯腾鲍姆、珍妮特·萨班尼斯、马迪·舒茨曼、艾琳·迈尔斯、萨莉·鲍默、劳伦·桑德斯、理查德·纳什、柯特·戴伊、凯特·伊根、乔丹娜·罗森博格、莉莉·马萨雷拉、格雷琴·希尔德布兰、朱迪·坎恩、密歇根州警察局（特别是调查警司埃里克·施罗德、丹妮斯·鲍威尔、帕特里克·"PJ"·摩尔、詹姆斯·邦德什以及肯尼斯·罗切尔）、助理副检察长史蒂文·希勒、被害人/证人权益倡议人莉安·凯瑟尔、哥伦比亚广播公司新闻部（莫琳·马厄、克里斯·扬和盖尔·齐默曼）、琳恩·米克瑟、丹·米克瑟医生、吉尔·约翰逊、克里斯蒂·吉尔伯特、菲尔·魏茨曼、克雷格·特雷西、卡特·哈特曼、芭芭拉·尼尔森，以及埃米莉·简·尼尔森。没有他们的智慧、慷慨和人道精神，就不可能有这本书。

图书在版编目(CIP)数据

红 / (美)玛吉·尼尔森著;李同洲译. -- 北京:北京联合出版公司, 2025.6. -- ISBN 978-7-5596-8156-0

I. I712.65

中国国家版本馆CIP数据核字第2024RR7856号

THE RED PARTS:"Copyright©2007 by Maggie Nelson
All rights reserved including the rights of
reproduction in whole or in part in any form."
北京市版权局著作权合同登记　图字:01-2024-6431

红

作　者:[美]玛吉·尼尔森
译　者:李同洲
出品人:赵红仕
责任编辑:龚　将

北京联合出版公司出版
(北京市西城区德外大街83号楼9层　100088)
北京联合天畅文化传播公司发行
北京美图印务有限公司印刷　新华书店经销
字数110千字　787毫米×1092毫米　1/32　9.25印张
2025年6月第1版　2025年6月第1次印刷
ISBN 978-7-5596-8156-0
定价:56.00元

版权所有,侵权必究
未经书面许可,不得以任何方式转载、复制、翻印本书部分或全部内容。
本书若有质量问题,请与本公司图书销售中心联系调换。
电话:010-64258472-800